Ierecê a Guaná

Alfredo d'Escragnolle Taunay
Visconde de Taunay

IERECÊ A GUANÁ

seguido de

OS ÍNDIOS DO DISTRITO DE MIRANDA

VOCABULÁRIO DA LÍNGUA GUANÁ OU CHANÉ

Organização
Sérgio Medeiros

Textos de
Antonio Candido, Haroldo de Campos, Lúcia Sá
e Sérgio Medeiros

ILUMI//URAS

Coleção Vera Cruz
Dirigida por Maria Lúcia Dal Farra e Samuel Leon

Copyright © desta edição:
Editora Iluminuras Ltda.

Capa:
Fê
sobre *Floresta brasileira* (ca. 1824), óleo sobre tela [64,2 x 51,1], Johann Moritz Rugendas e *Retrato de Taunay* (1877), Louis' Auguste Morreaux, Rio de Janeiro.

Revisão:
Renata Cordeiro

Filmes de capa:
Fast Film - Editora Fotolitos

Composição e filmes de miolo:
Iluminuras

ISBN: 85-7321-128-8

Nosso site conta com o apoio cultural da via net.works

2000
EDITORA ILUMINURAS LTDA.
Rua Oscar Freire, 1233 - CEP 01426-001 - São Paulo - SP - Brasil
Tel.: (0xx11)3068-9433 / Fax: (0xx11)282-5317
E-mail: iluminur@iluminuras.com.br
Site: http://www.iluminuras.com.br

ÍNDICE

A volta de Ierecê 9
Sérgio Medeiros

IERECÊ A GUANÁ
   Ierecê a Guaná 15
   Os índios do Distrito De Miranda 57
   Vocabulário da língua Guaná ou Chané 73
   Algumas indicações 87
   Alfredo d'Escragnolle Taunay

SOBRE IERECÊ A GUANÁ
   A sensibilidade e o bom senso do Visconde de Taunay 95
   Antonio Candido
   As vozes do Visconde de Taunay 109
   Sérgio Medeiros
   Índia romântica. Brancos realistas 133
   Lúcia Sá
   Ierecê e *Iracema*
   Do verismo etnográfico à magia verbal 145
   Haroldo de Campos

A VOLTA DE IERECÊ

Sérgio Medeiros

Num ensaio sobre o nosso indianismo, Walnice Nogueira Galvão afirma: "O índio não teve muita sorte na literatura brasileira, depois do Romantismo." Talvez, por isso mesmo, devêssemos olhar com redobrada atenção, neste novo século, para o referido período literário, pois nem todos os índios românticos continuam visíveis, hoje.
Para o leitor, a novela Iracema *exemplifica um dos grandes momentos do nosso indianismo romântico. Longe de pretender questionar esse veredicto, penso que a leitura da obra do escritor cearense sairia enriquecida se nos dedicássemos a ler também "Ierecê a guaná", um conto longo do visconde de Taunay (1843-1899), publicado em 1874, que é, à sua maneira, uma resposta à obra de Alencar, como seu autor declarou (veja-se, a esse respeito, o ensaio de Lúcia Sá, incluído neste volume). Diria que ainda não lemos esse conto: não sabemos como julgá-lo nem como classificá-lo. Ninguém o menciona, exceto Antonio Candido, que o cita elogiosamente na sua* Formação da Literatura Brasileira, *num capítulo que é reproduzido neste volume, graças à generosidade intelectual do seu autor.*
Quis que o retorno às nossas letras de Ierecê, índia guaná, viesse precedido por esse texto de Antonio Candido, não apenas

porque foi durante a sua leitura que eu próprio descobri essa personagem, como também porque não poderia oferecer ao leitor melhor introdução ao universo ficcional do autor de Inocência e A Retirada da Laguna.

Quando começava a coletar materiais para preparar esta reedição de "Ierecê a guaná", tive um encontro muito proveitoso com Haroldo de Campos, recebendo dele estímulo para levar adiante este trabalho. Sobretudo, discutimos o conto, confrontando-o com a Iracema de José de Alencar. Haroldo de Campos, como se sabe, é autor do ensaio "Iracema: uma Arqueografia de Vanguarda", que me parece ser um modelo para futuras leituras do próprio conto de Taunay. A convite meu, ele aceitou escrever um texto especial para esta reedição, levando avante sem dúvida sua leitura dialógico-baktiniana do espaço romanesco brasileiro, agora incorporando "Ierecê a guaná" às suas referências estéticas.

Se a trama de "Ierecê a guaná" é tipicamente romântica, descrevendo o encontro e eventual idílio entre duas raças, a européia e a índia, em contrapartida ela possui certas características que a tornam complexa tanto na sua mensagem quanto na sua linguagem. O herói do conto, um dândi desdenhoso e entediado que não alcança o paraíso tropical e precisa retroceder, deparando, à beira do caminho, com a índia guaná do título, expressa toda a contradição que o próprio autor vivenciou, ao longo da vida, em relação à cultura indígena, pela qual sentia uma atração mesclada de certa repulsa, conforme tento discutir num ensaio acrescentado a este volume, "As vozes do Visconde de Taunay".

O fascínio pelo outro e a terrível incapacidade de compreendê-lo (o herói do conto sempre retrocede, mesmo quando avança, pois todas as suas aventuras não o levam a lugar nenhum e ele se encontra outra vez no ponto de partida, *o que poderia ser lido como uma parábola do colonizador que, diante do Novo Mundo, percebe apenas o exótico), tudo isso vem narrado num estilo que começa neutro, insosso e que, aos poucos, vai ganhando encanto e incorpora os falares regionais, inclusive expressões indígenas. Temos certamente aqui um esboço, os germes de uma literatura que, no século XX, iria realizar-se, transcrevendo, como sucede na obra de um Guimarães Rosa, por exemplo, os falares do Brasil.*

A esse respeito, convém lembrar que Taunay, quando ainda muito jovem, penetrou nos sertões de Mato Grosso, integrando a comissão de engenheiros de uma coluna que marchou para o Paraguai, durante da Guerra da Tríplice Aliança (1864-1870). Nessa ocasião, ele sonhava em realizar grandes feitos, não na área bélica, mas na área científica, mais especificamente na área antropológica. Por isso, quando deparou com os índios do distrito de Miranda, próximo à divisa do Brasil com o Paraguai, dedicou-se a estudar a sua língua. Anos mais tarde, Taunay declarou, ao publicar um vocabulário do "dialeto caingang", recolhido no interior do Paraná, província da qual foi presidente, quando já havia trocado o exército e as letras pela política:

> *"Sempre que me achei em zonas habitadas por índios, procurei sobre eles colher todos os dados possíveis, organizando com escrupulosa cautela e a maior consciência, vocabulários mais ou menos completos e cujo valor, quanto à verdade sônica, tinha como dever severo, e nunca preterido, verificar muitas e muitas vezes".*

No seu primeiro livro publicado, Scenas de Viagem, *Taunay descreve seu contato com os índios do Centro-Oeste e apresenta um vocabulário de termos guaná, a língua de Ierecê. Esses dois textos foram acrescentados a este volume, para que o leitor possa avaliar melhor o empenho de Taunay na coleta dos dados que* mais tarde usaria para elaborar o conto, e também para que perceba as suas limitações como antropólogo, pois, como os homens da sua época, via o outro a partir de uma perspectiva que considerava o europeu como um ser superior.

Esse conflito será repensado por Taunay nas Memórias, obra escrita no final da vida e publicada postumamente, na qual declara haver amado uma índia chamada Antônia, sua amante durante a guerra. A personagem Ierecê incorpora os traços dessa mulher que Taunay descreveu como extremamente elegante e graciosa, mas já o herói do conto, o turista irônico e desdenhoso Alberto Monteiro, não poderia ser lido — é o que tento mostrar no meu ensaio — como um simples retrato do escritor quando jovem.

Creio que essas informações bastam, e entrego ao leitor esta reedição de "Ierecê a guaná".

* * *

Contei com o auxílio inestimável de Anderson da Costa durante a preparação dos textos de Taunay. Foram proveitosas, durante o trabalho de digitação e atualização da ortografia e acentuação gráfica, as numerosas conversas que mantivemos, conversas que me estimularam com certeza a escrever o ensaio que acrescentei a este volume.

Espero que o nosso entusiasmo contamine também o leitor de "Ierecê a guaná", uma obra suprimida da história da literatura brasileira que agora retorna, numa edição que, trazendo as colaborações de Antonio Candido, Haroldo de Campos e Lúcia Sá, estará à altura do seu valor literário.

Ilha de Santa Catarina

IERECÊ A GUANÁ

seguido de

OS ÍNDIOS DO DISTRITO DE MIRANDA

VOCABULÁRIO DA LÍNGUA GUANÁ OU CHANÉ

IERECÊ A GUANÁ

Pourquoi quitter notre île? En ton île étrangère,
Les cieux sont-ils plus beaux? A-t'on moins de douleur?
....
Reste, ó jeune étranger! Reste, et je serai belle...
Mais tu n'aimes qu'un temps, comme notre hirondelle.
Moi, je t'aime, comme je vis.
Victor Hugo, A Taitiana (Balada)

Savais-je s'il était des malheureux au monde?
Ah! Combien je le sens, quand tu n'aimes plus!
Chamfort

CAPÍTULO I

Em meados do ano de 1861, o vaporzinho *Alpha*, subindo da capital da província de Mato Grosso, desceu para Corumbá, e, por ordem do presidente de então, o coronel Antônio Pedro de Alencastro, demandou a foz do rio Mondego ou Miranda, cuja corrente foi cortando águas acima para conhecer das condições de sua navegabilidade durante a estação seca até a vila de Miranda, a qual assenta na margem direita e a mais de 40 léguas do ponto em que o volumoso e revolto caudal faz barra no grande Paraguai. Cumprida a comissão sem grande estorvo, pôde o fumegante barco atracar junto à barranca da povoação, alvoroçando repentinamente de alegria e perturbando de modo nunca visto o costumado e natural sossego daquela distante localidade.

Núcleo mais povoado de toda a imensa zona que, sob a denominação de distrito de Miranda, se estende ao sul da província desde o rio Piquiri até o Apa e o Paraná, nesse tempo gozava a vila de foros de importância que nem as febres endêmicas em determinados períodos do ano, nem o desenvolvimento rápido de Nioaque, situado a 25 léguas mais ao sul, haviam podido lhe tirar.

Também os seus habitantes, deixando-se levar por um sentimento de exageração, não viam razões para lhe negar o pomposo título de *cidade*, justificado senão pelo estado de prosperidade que tinha então, ao menos em vista do engrandecimento que lhe podiam garantir, em futuro não muito remoto, as suas relações, já de anos iniciadas, com as províncias de São Paulo e Paraná por meio dos rios Ivinheima, Brilhante e Nioaque de um lado, e Miranda do outro.

A vila tinha, além disso, tradições históricas que eram repetidas com desvanecimento.

Pelo que diziam, os seus alicerces descansavam sobre os destroços do forte Xerez, levantado em passadas eras pelos espanhóis como paradeiro à influência portuguesa consolidada, no centro daqueles sertões, em Camapuã e que, arrasado em 1580, foi substituído por outro em que flutuavam as quinas do domínio legal.

Entretanto, apesar desse passado tal ou qual ilustre e das promessas do futuro, vários e influentes partidários contava a idéia, aliás justa e sensata, da necessidade de se mudar a sede da cabeça do distrito para outro qualquer ponto menos exposto à ação deletéria das febres intermitentes que as enchentes e transbordamentos do rio anualmente traziam e que atacavam não só os recém-chegados e visitantes de passagem, como muitos dos que podiam se supor aclimados e, às vezes até, alguns dos mais antigos moradores.

Os lugares indigitados para essa mudança eram Pedra Branca, poucas léguas acima, e a Forquilha, ainda além e na confluência dos rios Miranda e Nioaque.

Com efeito, quanto mais se fugisse da costa do Paraguai, baixa e sujeita às inundações e, conservando a regalia de desimpedida navegação, se procurassem as terras altas próximas à serra de Maracaju e que se ligam aos ubertosos campos de Vacaria, cujo progresso era já uma realidade, mais largos horizontes se abririam para a vila, libertando-a dos inconvenientes que lhe davam a reputação de reconhecida insalubridade. Nesse caso, nenhuma indicação reunia com fundado motivo mais adesões do que a de Forquilha, bela e elevada planície assente no entroncamento de duas correntes, cujo acesso a canoas grandes e carregadas era fácil e já aproveitado.

Como que para dificultar, porém, a realização de tão conveniente deslocamento e desanimar os mais ardentes propugnadores da medida, não fazia muitos meses antes da chegada do *Alpha*, haviam sido lançadas no lugar da antiga paliçada a que devia a vila o apelido de *forte*, as bases de um grande quartel, edificação que, concluída, se tornou sem contestação uma obra notável naqueles afastados termos e foi em 1866 vandalicamente incendiada pelos paraguaios por ocasião de se retirarem do distrito para operar a sua concentração na fronteira.

Voltando, no entretanto, ao que dizíamos no começo, o aparecimento de um vapor causava imenso contentamento no seio da população de Miranda pelas conseqüências que necessariamente havia de produzir aquela viagem de ensaio, prova cabal de que o rio, ainda na vazante, se prestava à franca navegação muito além da boca do seu confluente o Aquidauana, até onde haviam subido os presidentes Delamare e Alencastro, este último em 1860 no *Jauru*, que é de calado não pequeno.

Os filhos da província de Mato Grosso têm todos o espírito muito inclinado para as transações comerciais e nelas desenvolvem o seu gênio naturalmente ativo, e tão atilado quão desconfiado.

Também muitos já falavam de ir buscar carregamentos de negócio a Cuiabá e na previsão de lucros proveitosos entregavam-se à mais expansiva alegria.

Por toda a parte a agitação era grande.

Nos ares atroavam de contínuo inúmeros foguetes; o sino da matriz com festivos repiques parecia querer rachar de contente e o povo, depois de se ter aglomerado nas duas ruas convergentes à praça da igreja, havia se encaminhado todo para a margem do rio, tomando a estrada que, com extensão de quase meia légua, vai ter ao lugar enfaticamente chamado — o porto — e que não passa de uma rampa mal cavada na barranca.

No tempo das cheias, essa estrada aberta na mata do Miranda desaparece, invadida pela águas que vêm então lamber o limiar das primeiras casas da vila, mas naquela ocasião era uma larga avenida de chão um tanto lodoso e ensombrada por um magnífico arvoredo.

Entre os grupos dos que conversavam animadamente a caminharem para *o porto*, circulava também a notícia da vinda de dois oficiais de engenheiros, incumbidos, pelo que se dizia, de ir até o Nioaque e mesmo ao Apa, a fim de verificarem qual o estado da fronteira que já nesse tempo tinha sofrido senão insultos diretos da parte dos nossos vizinhos paraguaios, pelo menos os efeitos de sua cada vez mais decidida altanaria.

Estava ainda recente a desagradável impressão do modo insolente por que um comandante do forte Bella Vista[1], no Apa, tratara o piquete brasileiro que fora, como era de praxe, rondar a

---

1) Forte paraguaio situado à margem do rio Apa, na divisa entre o Brasil e o Paraguai. (Nota do Organizador.)

região limítrofe, e, na opinião de todos, convinha, para que não se repetissem tais cenas e outras piores, como em 1850 — em que uma força estrangeira, sem respeito à linha divisória, pisou terras nossas para aprisionar a família do mineiro Gabriel Lopes — começar também a franzir o sobrolho a vizinhos tão carrancudos e desagradáveis.

Nessa época, já próxima da invasão que o ditador do Paraguai Lopez ideava, raros eram, contudo, aqueles que, nos mais chegados lugares da fronteira, supusessem possível uma guerra provocada pela república confinante.

Sabia-se que o regime daquele país singular era despótico e que se achava militarizado com grande rigor de disciplina, mas ignoravam-se os inúmeros recursos de que dispunha e os aprestos formidáveis que acumulava com tenções hostis ao Brasil, havendo crença geral de que o seu afastamento sistemático da comunhão das nações era produzido pela política tacanha e mal concebida dos diretores de um povo, que, por hábitos arraigados de obediência e tranqüilidade, era feliz a seu modo, e queria viver em paz.

Ao passo que de nosso lado se tranqüilizava o espírito público com essas suposições quase erigidas em certeza e com a convicção de que bastariam providências de ordem secundária para manter o Paraguai na órbita do respeito que nos era devido, inteligentes emissários do ditador haviam já percorrido de norte a sul toda a província de Mato Grosso e estudado com especialidade o território que mais de pronto teria de experimentar os efeitos do humor belicoso e conquistador de Solano Lopez.

Em todo o caso, apesar do sossego de que gozava o distrito, é certo que a chegada de dois profissionais com aquela comissão de caráter militar indicava que o governo central, fiando-se nas boas relações que entre as duas nações parecia não deverem de tão cedo sofrer quebra, cuidava contudo de atender para as suas fronteiras, cuja tranqüilidade e segurança influíam diretamente no desenvolvimento agrícola de toda aquela zona.

No *Alpha* viera com efeito, não dois, mas um oficial de engenheiros, esse mesmo com incumbência puramente civil, visto como só deveria ir observar os progressos de Nioaque e levantar o traçado do caminho que liga aquela nascente colônia ao porto de Santa Rosalinda, no rio Brilhante, até onde já tinha subido um vapor partido de Itapura, na província de São Paulo. Quanto ao companheiro com quem esse oficial viera de Cuiabá, não tinha posição alguma militar, nem trouxera encargo que desempenhar. Chamava-se Alberto Monteiro e viajava por mera distração.

Homem no pleno vigor dos anos, e bastante rico para satisfazer os seus caprichos, empreendera extensas viagens por simples distração e pelo prazer do movimento, percorrendo países uns após outros como *turista* e à maneira de Victor Jaquemont, que, a pretexto de estudar a flora do Tibete, fez tão curiosas e engraçadas peregrinações pelo interior da Ásia.

O modo por que ele viera ter ao distrito de Miranda não era dos mais naturais.

Achando-se num belo dia aborrecido do Rio de Janeiro, comprou passagem para Montevidéu, passou lá um mês, transportou-se para Buenos Aires, onde se demorou algumas semanas e, tomado de curiosidade pelo que diziam do Paraguai, subiu até Assunção, que, no fim de poucas horas, ficou peremptoriamente julgada e qualificada sem apelação de acanhada, monótona e estúpida.

— Estar em Assunção, pensou Alberto, obriga-me a ir até Cuiabá.

E, firmando nesse argumento contestável a necessidade de continuar a viagem fluvial, sulcou rio acima o Paraguai e, numa tarde de calor intenso, foi desembarcar na capital de Mato Grosso.

Arrepender-se logo do que acabava de executar era sempre o

primeiro movimento do nosso viajante; por isso a ele mesmo não causou espanto o desgosto que experimentou ao pôr pé em terra.

— Que idéia estrambótica, exclamou ele com despeito, vir ter a uma terra, onde nem sequer há hotéis!... Não há remédio senão ir pedir hospedagem ao Sr. capitão de engenheiros Freitas...

E procurando nos bolsos uma carta de recomendação de que se munira em Assunção, sacou-a para ler o sobrescrito e poder se orientar.

— Júlio Freitas de Miranda, murmurou ele, Largo da Mandioca n. 10.

Minutos depois batia à casa indicada, cuja porta lhe foi aberta por um simpático moço, a própria pessoa a quem o recomendavam.

— Poucas relações tenho, disse o oficial correndo os olhos pela carta, com quem me escreve, mas sinceramente acolho quem me traz a apresentação com a maior satisfação e cordialidade.

— E esta sua franqueza, replicou Alberto, lendo no rosto de Freitas a confirmação de suas palavras, me agrada sobremodo.

— Pois então entre, e trate-me desde já senão como amigo, pelo menos como camarada... Onde estão as suas cargas?

— No porto... Devo contudo lhe dizer quem sou...

— Não há mister. Pelo seu ar vê-se logo que é um cavalheiro...

— Pelo menos o meu nome é indispensável...

— Ah! respondeu o outro sorrindo-se, tanto mais que a carta de recomendação nem sequer lembrou-se disso. É um cheque ao portador... O senhor chama-se meu hóspede, até que eu lhe saiba outro nome.

Com acolhimento tão franco e espontâneo, impossível era que Alberto não sentisse desvanecerem-se as primeiras impressões de mau humor. Também daí a pouco conversavam os dois como se o conhecimento datasse dos dias de infância.

Para o homem acostumado a viajar nada custa menos do que

a imediata familiarização. Qualquer com quem ele esteja uma hora e que lhe mostre algum agrado no rosto e tratamento, constitui-se logo companheiro muito estimado: outro com quem passe um dia inteiro é quase um íntimo, e se houver então uma semana de convivência, o recém-conhecido transforma-se em amigo de data mui remota.

Eis por que Alberto Monteiro em pouco tempo se tornou inseparável de Júlio Freitas, o qual por seu lado fazia todos os esforços para tornar a estada do novo amigo em Cuiabá a mais agradável possível.

— Esta cidade, dizia Júlio ao terminar umas considerações sobre Mato Grosso, não é aborrecida, muito pelo contrário; mas é sempre uma cidade de província. O seu aspecto vasto e a sua animação surpreendem o espírito de quem chega e não conta deparar com povoação tão importante e, pode-se assim dizer sem exageração, tão civilizada no meio de imensos desertos, mas aqui, como aliás em quase todo o Brasil, vive-se por demais debaixo da influência da corte. Há bonitas mulheres, bem conversadas; dão-se brilhantes bailes; há tal ou qual sociabilidade; o comércio tem alguma atividade; não há falta nem de inteligência, nem de espírito, mas só se sente verdadeira vida quando chega a mala do Rio de Janeiro. É o sol benéfico que mandou um raiozinho de luz e de calor para o seu quase esquecido planeta. Este sentimento de abandono e de desterro é que me fez sempre desejar sair daqui, mas afianço-lhe que o meu contentamento pela volta, que está muito próxima, não é de todo isento de certo aperto de coração... e entretanto nada me prende particularmente a Cuiabá...

— De modo que se houvesse algum liame, você não deixaria mais esta terra?

— Com toda a certeza! Por isso é que ela passa por ser perigosa, e, como falo a pessoa novata, recomendo-lhe que fuja das causas que o podem reter para sempre neste canto do mundo.

— Mas quais são elas? perguntou Alberto sorrindo-se.

— Dizem todos que elas se encerram principalmente na meiguice das mulheres, nas cabeças de pacus e caudas de pirapitangas. Trate, pois, se não quer encalhar em Cuiabá, de olhar pouco para o sexo frágil e de não provar das extremidades daqueles dois peixes senão com muita reserva e cautela.

Se houve e há com efeito esse risco para quem se demora na capital de Mato Grosso, Alberto soube tão bem resguardar-se, que quando, mês e meio depois, Júlio Freitas lhe anunciou o embarque no vapor *Alpha* com destino à vila de Miranda e a sua digressão pelo distrito, antes de seguir definitivamente para o Rio de Janeiro, achou-se pronto para partir e muito satisfeito com tão breve retirada.

— E sabe que mais? Quero acompanhá-lo em seu passeio às terras de Miranda e Nioaque...

— Mas é coisa muito rápida e incômoda...

— Não importa...

— Gastarei pouco mais de mês para ir até Santa Rosalinda no Brilhante e voltar até Corumbá.

— Assim mesmo tenho tempo de sobra para ver os índios e estar com eles. Vir a Mato Grosso e não conviver algumas semanas com os seus amáveis aborígenes, é falta imperdoável em viajante de meu quilate...

— Você não vê todos os dias Caiapós e Guanás?

— Estes não me servem. Estão já modificados pelo nosso modo de viver; demais *aportuguesados*, já que não posso dizer *abrasileirados*. Em Miranda encontrarei o que desejo e, metido em alguma aldeia, pilharei *la nature chez elle*.

— Você, disse Júlio sorrindo-se, vai se dedicar à antropologia, não é? São estudos que agradam a muita gente, sem que por isso a ciência adiante um passo...

Eis explicada a razão por que se achava Alberto Monteiro na

vila de Miranda e fazia também seus preparativos para uma viagem às terras altas.

Partiram os dois moços por uma fria madrugada, montados em bons animais e acompanhados de três soldados do corpo de cavalaria de Mato Grosso que deviam lhes servir de camaradas. Boa porção de mantimentos em bruacas às costas de um valente burro de carga, redes, uma barraca de campanha, pequenas malas contendo alguma roupa, eram condições para com muita comodidade alcançar o povoado de Nioaque, aliás pouco distante aos olhos de quem está acostumado a viajar por terra.

Os arredores da vila de Miranda são baixos e apaulados, cobertos, não raras vezes em vasta extensão, de *piripiris*, juncos que mergulham as raízes n'água ou no lodo e morrem na época dos grandes calores. Entretanto, logo às primeiras léguas, verifica o viajante, já pela natureza da vegetação, já pelos cortes e margens elevadas em que correm os regatos, que o solo vai gradualmente se levantando.

Passado o córrego de Betemigo, a duas léguas da povoação, a estrada alarga e aparece um caminho macadamizado, tamanha é a quantidade de seixinhos rolados que lhe salpicam o leito. De uma e outra banda estende-se vistoso o cerrado: há muito *umbu* que embalsama os ares com a fragrância de suas flores, grande cópia de *jataís*, de *piquis*, cujos frutos amarelo-avermelhados são tão bonitos, e de *mangabeiras* que nos meses de dezembro e janeiro vergam ao peso dos saborosos e rubicundos pomos.

O terreno vai sendo cada vez mais alto e ascende como a lomba de uma serrania, cuja vertente desse lado é muito suave e estendida.

Às vezes repentina quebrada rompe a monotonia do *cerrado* e deixa que a vista ganhe espaço para a esquerda. Então dilata-se o horizonte, e vêem-se campos ondeados, que sobem como gradis de um gigantesco anfiteatro até a fita da estrada: embaixo, ao longe, uma linha tortuosa e escura de mata indica um grande rio, e no fundo, emoldurando aquela bela paisagem, ergue-se altanada serra, coroada de píncaros escalvados e talhados de um modo tão surpreendedor, quão grandioso.

O caudal é o límpido e correntoso Aquidauana que serpeia a procurar o Mondego; a serra, a de Maracaju que em alguns pontos parece lavrada pela mão de caprichoso gênio empenhado em imitar com proporções colossais castelos, baluartes e outras construções que também com pedra levantam os fracos mortais.

Há trechos do caminho em que, à direita e à esquerda, se abatem as terras. Então, de um lado, para o norte, melhor se acentuam os acidentes que esboçamos, e do outro, ao sul, abrem-se campinas extensíssimas sem outro corte mais na sua uniforme expansão do que um ou outro capão de mato em encontro pronunciado de declives, onde se mantenha com persistência a umidade precisa para o desenvolvimento de vegetação mais vigorosa.

A estrada é seca, e as patas dos animais batem de contínuo na pedra solta e roliça que forra o chão.

— Deveras, exclamava amiudadamente Alberto colhendo as rédeas ao animal para contemplar com mais demora aquelas lindas perspectivas, vale a pena vir até cá só por ver tudo isto! É soberbo!... admirável!

Depois do córrego de Eponadigo[2], o *cerrado* fica mais fechado, de modo que o viajante caminha em aléia encoberta dos raios de sol por grandes árvores, algumas das quais até são madeiras de lei, como o *jataí* e o *vinhático*.

O ar ali é puro, e a brisa sopra constante e quente, escandescida que foi pela reverberação dos campos desabrigados de Camapuã.

Em meio do segundo dia de viagem, Alberto sentiu-se incomodado e no pouso teve febre bastante violenta.

---

2) Como em geral todas as denominações de lugares do distrito de Miranda, é este nome de origem guaicuru e significa: *bando de traíras*.

— Eis uma novidade, disse ele a tiritar com o acesso, para quem, há muitos anos, não tem tido moléstia. O que porém me acontece agora é uma homenagem devida ao maléfico clima de Miranda. Resignemo-nos, pois.

Na manhã seguinte, depois de uma noite calma, estava ele bem disposto de espírito, mas com o corpo alquebrado. Tomara uma beberagem de *quina do campo* que um dos soldados havia preparado e transpirara muito.

À mesma hora da véspera, a febre reapareceu, com muito mais intensidade dessa vez.

Estavam então os dois viajantes no *Agaxi*[3], córrego que atravessa o aldeamento dos quiniquinaus, a meia légua para lá da estrada, e procuraram a sombra de um grande grupo de palmeiras buritis para descansarem.

Alberto delirava um pouco e tremia a ponto de balançar a rede que lhe haviam prontamente armado. À tarde, caiu em grande prostração e só se reanimou quando o frescor da noite veio suavizar o calor abrasador que fizera durante todo o dia.

— Você, disse-lhe Júlio Freitas, não pode decididamente continuar a viajar sem incorrer na pecha de imprudente, tanto menos justificável quanto não há dever que o obrigue a prosseguir. Deixe a sua idéia de índios para mais tarde e volte amanhã mesmo para a vila. Com duas doses de sulfato de quinina desaparecerão com certeza estes acessos, e eu, dentro em poucas semanas, estou de volta a Miranda.

— Mas não há, a pequena distância daqui, um aldeamento?

— Sim, de quiniquinaus, gente muito mansa e simpática. Se você estivesse de saúde, eu lhe proporia uma visita ao Agaxi, mas no estado em que se acha, é de prudência regressar o quanto antes.

---

3) Agaxi é a corrupção da palavra *Euagaxigu*, que quer dizer: *bando de capivaras*.

Com esse alvitre, depois de relutar um pouco, concordou Alberto, que de manhã acompanhou Júlio Freitas por um quarto de légua na estrada de Nioaque, e, lhe dando então apertado abraço, voltou ao pouso onde esperou tranqüilo pela hora do acesso que, se foi pontual como um inglês, pelo menos não veio com a costumada violência.

Ao cessar a febre, experimentou ele um bem-estar, uma robustez toda especial que lhe pareceram prenúncio certo de total restabelecimento.

— Não se fie nisso, lhe disse Florindo, o soldado que Júlio deixara ao amigo para camarada, *ansim* é que são as maleitas. Mas *vossuncê* não *percisa* para sarar ir até a *cidade*; fique uns pares de dia na aldeia e os ares de lá sacodem a *maldade* do seu corpo.

— Aplaudo a idéia, replicou Alberto. Talvez até me entregue aos cuidados de algum velho quiniquinau formado em medicina na escola da natureza e da experiência.

Com essa nova intenção montou o moço a cavalo e, em vez de tomar a estrada de Miranda e dar o rosto ao sol que descambava já, enveredou à direita por uma trilha batida que, segundo dizia Florindo, levava com pouca distância ao aldeamento dos índios.

O mato foi se tornando mais fechado, depois abriu em clareiras quase regulares, formando o que se chama *potreiros*, denominação muito popularizada pela guerra do Paraguai. Uma dessas abertas, maior em dimensões, era cortado a meio por um córrego encachoeirado, cujas águas cristalinas acompanhavam densa e dupla orla de buritis e taquaruçus.

Não se podia encontrar retiro mais lindo, situação mais aprazível e sossegada.

— Que belo canto do mundo para a gente viver tranqüila e esquecida, exclamou Alberto.

E, voltando-se para o camarada:

— Aquelas casas que vejo ali, perguntou ele, são já da aldeia?

— Nhôr-não, respondeu Florindo: aqui mora o velho Morevi, quiniquinau muito meu conhecido e que é *mandingueiro*.

As três casinhas, ou melhor choupanas, de que falava o moço, assentavam numa elevação de terreno e dominavam todo aquele restrito vale. Feitas de pouco e cobertas de palmas de carandá, eram retangulares, de frente muito baixa e com uma fenda estreita no meio que lhes servia de porta. Diante da mais espaçosa delas, um bambu, ornado de comprido trapo vermelho a ondular no tope, indicava a morada de algum índio de importância, capitão sem dúvida ou então *padre*, que exerce as funções de sacerdote cumulativamente com as de médico e de prestigiador.

Os viajantes se adiantaram sem demora e foram recebidos com a maior benevolência por um idoso quiniquinau que sentado à porta se levantou com a presteza que lhe permitiam as cansadas juntas. Nu da cintura para cima, tinha uma espécie de saia que lhe descia aos calcanhares, toda ornada de vidrilhos e contas de cor. O rosto, pescoço e tronco estavam sarapintados de desenhos e cortados de linhas vermelhas e pretas feitas com o suco do urucu e do jenipapo, mas aqueles sinais, destinados principalmente a incutir terror nos que o fitassem, se conseguiam disfarçar a cor de tijolo queimado da pele, nem de leve modificavam a expressão natural de timidez e bondade que caracteriza em geral a fisionomia dos índios guanás e quiniquinaus.

Nem sequer parecia possuído da importância que a sua posição de feiticeiro devera lhe angariar, pois sem a menor hesitação estendeu a mão a Florindo e saudou-o com provas até de respeito.

— *Unatiti*[4]? perguntou rindo-se e mostrando uns dentes alvíssimos e pontiagudos, ao passo que duas linhas de urucu e jenipapo, acompanhando o enrugamento da pele, formavam dois círculos ao redor da boca.

---

4) Está muito bom?

O soldado respondeu também em língua chané[5] e explicou-lhe que aquele companheiro era capitão[6] e pretendia ir até a aldeia e curar-se de sezões.

— *Quixauó!* exclamou Morevi, *carineti tchikiiti*[7].

Como a tarde vinha já descendo, decidiu Alberto pousar ao menos uma bela noite naquele belo lugar, pelo que encarregou Florindo de obter a posse de uma das choupanas o que se conseguiu sem a menor dificuldade, tanto mais quanto na ocasião não tinha ela ocupante. Na outra morava uma índia de meia-idade, cujos filhinhos robustos e gentis podiam atrair as vistas de um homem branco e artista de coração.

A instalação fez-se com presteza. Depois de bem varrido o chão de barro batido, foram as ligeiras cargas do viajante depositadas a um canto e a sua rede suspensa às traves mais grossas que serviam de mourões à palhoça.

Morevi recebeu logo em paga de sua amabilidade um punhado de sal, que ele embrulhou cautelosamente como preciosidade inestimável.

Mas quando ao sal já recolhido se adicionou um vistoso colar de vidrilho e contas de ouro que devia lhe ornar o encarquilhado pescoço, então a sua gratidão não conheceu limites e despegou-lhe, depois de muito gesto cômico, a língua numa catadupa de palavras quase sem nexo, umas em seu idioma, outras em português estropiado.

— Este *lavrado*[8] não é para mim, disse ele afinal mais calmo a Florindo, é para a minha neta. Ela foi à aldeia grande e daqui a um *nadinha* estará batendo de volta.

---
5) Esta língua serve com ligeiras alterações para as quatro tribos em que se divide a nação chané: terenas, laianos, quiniquinaus e guanás.
6) Título de respeito entre todos os índios do Brasil.
7) Coitado! Está doente de febres!
8) Em Mato Grosso chama-se lavrado a enfeites de ouro.

Pouco depois, com efeito, apareceu alguém à entrada da clareira, para lá do córrego.

— É Ierecê[9], exclamou Morevi apontando para aquele lado, é a minha neta!

E os seus olhos já apagados pelas sombras da velhice brilharam de orgulho.

Vinha se aproximando uma mulher de altura regular e porte elegante. Ao chegar à corrente abaixou-se e encheu vagarosamente uma vasilha de carregar água que trazia à cabeça, assente em volumosa rodilha. Depois adiantou-se sem acanhamento, acostumada como estava a ver gente de Miranda na aldeia dos índios seus patrícios.

Trazia todo o corpo embrulhado num pano alvíssimo, a que chamam *julata* e que, preso por volta muito apertada logo abaixo dos seios, desce até os calcanhares, e mostrava ter quando muito quinze anos, idade da plenitude de mocidade e beleza naquelas localidades em que o desenvolvimento da puberdade, já de per si precoce, é quase sempre apressado.

Seu rosto de formosura singular houvera em qualquer parte do mundo prendido as vistas. Se a fronte era estreita, os olhos um tanto oblíquos e as sobrancelhas pouco arqueadas, em compensação os cílios compridos e bastos faziam realçar o brilho dos negros íris; o nariz tinha uma retidão caucásica; os lábios pareciam tintos de carmim e a cabeleira negrejante, bem que áspera, espargia-se por um colo e seios admiráveis de contorno e de pureza. Para completar o tipo de uma bela moça nem sequer lhe faltavam pés e mãos de uma pequenez e delicadeza dignas de cuidadosa atenção.

A tez, muito lisa e fina, na cor aproximava-se à do chocolate desmaiado em leite, tão desmaiado que quando qualquer

---

9) Estrela, em dialeto guaná.

impressão mais viva ia entender-lhe com o coração, as suas faces se acendiam vivas de rubor.

O que, porém, mais pronto e doce sobressalto causava em que para ela deitasse os olhos, era, em vez da apatia estampada geralmente no rosto das mulheres de sua raça, a expressão de meiguice e tristeza que lhe pairava na fisionomia.

A admiração de Alberto, ao ver tão formosa criatura, não passou despercebida do velho avô que com isso pareceu sentir viva satisfação, partilhada de resto pela neta, quando ela cingiu o pescoço com o colar que lhe haviam dado. Olhou então curiosa e agradecida para aquele estrangeiro e sorriu-se para ele, deixando ver no encrespar dos mimosos lábios uns dentezinhos alvos e agudos, como dentes de maracaiá.

— Sua neta é quiniquinau? perguntou Alberto.

— *Acó*, respondeu Morevi, *pai tchoronó-unó*, filha também: mãe só *kuinukunó*[10].

— É muito bonita! exclamou o moço com sinceridade.

O velho abanou a cabeça para confirmar aquele juízo entusiástico e tomou um ar benévolo e filosófico, de homem já alheio à paixão e que deixou à mocidade o direito de sentir aquelas comoções.

— Você quer Ierecê para sua mulher? perguntou ele com alguma pausa e gravidade. Há de lhe dar comida e roupa.

Alberto vacilou, mas Morevi, sem esperar pela resposta, pegou-lhe na destra e, abrindo-a, nela colocou a delicada mão da neta, ao passo que murmurava umas palavras cabalísticas, com os olhos meio cerrados.

Ierecê não fora consultada e durante a cerimônia perfunctória que a ligava, segundo os costumes de sua gente, àquele homem desconhecido por um laço que não ela, mas só ele, podia romper, mostrou-se completamente indiferente.

---

10) Não. A filha do guaná é guaná. A mãe é que era quiniquinau.

Uma só coisa a ocupava: era o colar de contas de ouro que no seu peito os últimos raios de sol iluminavam de pontinhos cintilantes como que a desferirem chispas, que lhe aguilhoavam docemente a feminil vaidade.

CAPÍTULO II

A primeira semana correu para Alberto alegre e animada. Desaparecera de todo a febre, e ele se sentia como que retemperado pelo sossego do retiro em que vivia.

De manhã muito cedo saía para a caça e só voltava quando o sol ia alto e que o calor apertava, trazendo sempre pesada enfiada de pássaros, uns notáveis pelo tamanho, outros pela plumagem. A essa hora, Ierecê tinha por costume esperá-lo com uma cestinha de frutas da terra, bananas, mamões e jaracatiás, ou outros mais incultos como o mureci dos cerrados, a marmelada do campo, a guabiroba ou a uvaia, que, apesar do sabor agreste, agradam bastante ao paladar.

Apenas chegada a caça, a índia a depenava com esmero antes de entregá-la aos cuidados de Florindo que tomara para si o preparo da comida, no que mostrava algum talento bem que usasse, para os misteres da cozinha, da gordura geralmente empregada em Mato Grosso: a graxa de boi.

À tarde, depois de abundante e sã refeição, Alberto ia conversar com Morevi e tomar lições de língua chané, com cujas palavras mais notáveis procurava coordenar um ligeiro vocabulário.

Se, entretanto, o principiante mostrava alguns progressos, eram todos eles devidos às indicações de Ierecê que se admirava muito dos esforços que aquele branco empregava para vir a falar como se fora índio.

Ela parecia um tanto triste, indiferente sobretudo.

Na choupana ao lado, o avô continuava em suas práticas de devoção e vivia completamente estranho ao casal.

No fim da primeira semana de estada no Hetagati[1] — assim se chamava o lugar — foi o soldado Florindo despachado para a vila de Miranda, a fim de, com a necessária discrição, ir buscar alguns meios de conforto, frutos secos, conservas, diversos cortes de fazendas e tudo quanto pudesse ser de mais imediata necessidade para a estada e alguma demora naquele local.

Entre os objetos encomendados, não foram esquecidas duas garrafas de aguardente de cana e várias braças de bom fumo goiano que eram destinadas ao complacente Morevi.

Com a chegada de uma peça de chita francesa, Ierecê deixou o trajo nacional e primitivo e cobriu o esbelto corpo de um vestidinho que Alberto se deu ao trabalho de cortar e preparar, dirigindo o trabalho da costureira, tão desajeitada em seus movimentos, quão impaciente por terminar e poder envergar aquela roupagem nova.

Não perdeu ela, com isso, em graça; pelo contrário, mais alta e vistosa parecia com a saia escorrida e a camisinha alva que lhe caía dos ombros, repelida pela rebeldia dos seios.

Seu gênio era a realização fiel do que exprimia logo a fisionomia: muita brandura, tristeza e alguma curiosidade.

A princípio Ierecê considerara Alberto como um ente de natureza superior, a quem devia obediência cega, enquanto lhe servisse de mero passatempo; depois foi-se possuindo de admiração e sobretudo reconhecimento ao vê-lo tão ocupado de tudo quanto pudesse lhe realçar a natural beleza ou agradar ao seu espírito.

---

1) Taquaral.

Como ela se contemplava ao espelho, radiante de orgulho e alegria, quando aquele *português*[2], de fronte alva e espaçosa, lhe arranjava com singular paciência os abundantes cabelos, formando caprichosos e sempre novos penteados?! Como ouvia atenta, com os belos olhos arregalados e a boquinha entreaberta de admiração, as narrações, umas reais, outras fantásticas que ele à tarde lhe contava, quando, deitados ambos sobre a relva diante da choupana, viam o sol se esconder por detrás da mata e a noite subir da terra para os céus?!

Nessa hora, tudo é tristeza para a alma que as sombras da natureza parece quererem também invadir. Entretanto era quando o coração de Ierecê pulsava com mais segurança e calma, embora o pio aterrado da jaó acordasse melancólicos os ecos da floresta, embora o bacurau atirasse aos ares as plangentes notas da áspera garganta.

A sua faceirice natural e inocente era ajudada por inteligência vívida e pela delicadeza de instintos: assim para logo desterrou do rosto e braços as pinturas que costumava traçar com urucu e jenipapo; deixou de cuspinhar, como fazem a cada momento os índios e de comer rápida e vorazmente, empenhando-se enfim por merecer aplauso pelo abandono pronto deste ou daquele hábito menos conforme com o modo de viver civilizado.

Além disso, apenas foi avisada por Alberto, ocultou com modéstia os seios, trazendo sempre diante do peito um lenço preso à cintura por duas pontas e atado por duas outras ao pescoço.

O que era bom e poético, ela conservava; assim, freqüentemente entretecia capelas e colares e de flores para os cabelos e braços e todos os dias renovava a elegante palma ou a folha de samambaia mimosa que, segura por delgado cordão, lhe acariciava a fronte como verdejante penacho.

---

2) Em Mato Grosso todos os que não são índios são chamados portugueses.

Em princípio Ierecê a custo saía do silêncio: depois, observando a bondade com que a tratava Alberto, arriscou algumas palavras em chané, logo após em português, e não tardou muito que ficasse gárrula a mais não poder, papagueando o dia inteiro, ora em sua língua, ora na outra, que ela entendia perfeitamente, por isso que fora criada na aldeia do Bom Conselho, perto de Albuquerque, onde recebera das mãos do missionário frei Mariano de Bagnaia as águas do batismo e o nome cristão de Silvana.

Das práticas e orações religiosas que aquele virtuoso capuchinho lhe ensinara na aula de catecismo, só conservara o sinal da cruz, símbolo que nunca deixava de fazer pela manhã ou à noite, quando ia se deitar.

Uma vez quebrada a barreira de constrangimento que a separava de Alberto, nasceu no espírito da índia o desejo de tornar-se agradável e benquista. Então por uma combinação de cuidados graciosos e lembranças felizes, ora ornava o interior da choupana de flores e de festões de folhas, ora contava histórias de sua tribo, num português muito atravessado e custoso, ora trabalhava com afinco em tecer uma faixa com desenhos de variegadas cores para ser atada à cintura de quem a possuía, ora por fim mostrava-se repentinamente amuada para logo voltar às boas com um excesso nunca visto de momices e carícias.

Não raras vezes, ao esperar o moço que voltava de suas excursões pela mata, ocultava-se Ierecê por trás de alguma árvore possante e caía de chofre sobre ele com o fim de assultá-lo.

Eram então gargalhadas francas, sonoras, argentinas, como solta um peito que não sente cuidados.

Em começo, a índia mal deixava os arredores da choupana, chegando quando muito até o ribeirão. Depois alongou os passeios, só com o fim de ir apanhar pássaros que tivessem penas mais formosas e brilhantes do que os que trazia o caçador. Com visgo natural que tirava da mangabeira para armar arapucas e com bagas de suco inebriante, conseguia ela agarrá-los vivos, e voltava, então, pulando de contente, depositá-los na mãos de Alberto depois de ligar-lhes as asas ao corpo por meio de uma embira larga.

Era de ver-se o seu ar de importância e ufania, um arzinho sedutor, irresistível.

Se havia prazer em prender os mimosos voláteis, maior, sem comparação possível, experimentava ela quando Alberto lhe pedia a liberdade para os prisioneiros.

Soltá-los era uma festa que se fazia quase sempre à tarde, com luz bastante para que os passarinhos pudessem ir buscar seus pousos de querência. Ierecê os ia beijando com carinho, ao passá-los um por um a Alberto, que era quem desatava o cordel que lhes impedia o vôo.

O animalzinho disparava palpitante de medo com direção à mata, e Ierecê seguia-o quanto podia com a vista, descansando, ao volver a cabeça, os olhos carregados de amor naquele mancebo tão bondoso para com todos os filhos da natureza.

Os dias correram rápidos, e, bem que Alberto começasse a achar a vida que levava um tanto monótona, não podia eximir-se da satisfação suave que em todos produz a extrema quietação. Entretanto, ao observar os progressos da paixão que acendera no peito da indígena, sem querer entristecia-se e procurava arredar da lembrança a necessidade de em breve dar fim àquela ligação passageira.

O amor de Ierecê era inventivo. Tudo quanto pudesse sorrir ao espírito do moço, tratava ela, na medida de suas forças, de conseguir logo; plantas raras e curiosas, ou que lhe pareciam tal; minerais coloridos, conchas do rio e insetos, objetos por fim mais ou menos aproximados pela cor e forma a qualquer outro que Alberto houvesse fitado com mais atenção e que imediatamente a ela servia de tipo para as amorosas pesquisas.

Então como se pagava de um olhar de agradecimento, de um sorriso, um gesto?! Seus olhos inquietos estudavam a impressão que a fisionomia do mancebo lhe havia de denunciar.

As narrações que Alberto fazia da vida e dos esplendores do Rio de Janeiro lhe excitavam vivamente a imaginação. A descrição do trajo das mulheres e da mudança contínua das modas sobretudo a encantava de um modo singular.

— Ah! se eu tivesse tudo aquilo! disse ela uma vez com fundo suspiro.

— Você quer ir para lá? perguntou-lhe o moço.

— Nhôr-não: Ierecê ficava feia perto das *portuguesas* tão alvas e bonitas. Eu nasci para o mato. Depois na cidade minha gente morre toda de bexigas.

Florindo dava-se muito bem com a índia; ela o ajudava no preparo da comida; ia buscar fogo; corria a encher no ribeirão a bilha d'água; respigava para a cozinha gravetos bem secos, tudo com tamanha espontaneidade que o soldado, apesar da fleuma natural, se deixava levar a lhe querer muito bem, o que manifestava a Alberto, respeitando na mulher a posição do seu camarada.

— Ó vossa senhoria[3], dizia ele, esta *dona* parece mesmo, com sua licença, filha de feiticeiro. Nunca vi uma criatura, com perdão da palavra, de melhores modos. Prende deveras o coração da gente.

Alberto Monteiro jamais se sentira, senão tão feliz, pelo menos tão calmo. Nada lhe perturbava a paz do espírito, e como a saúde voltara completa, vivia sem consciência exata do tempo que passava.

A paisagem que o cercava era restrita, mas amena. Densa cintura de mata virgem limitava logo o horizonte; em compensação, porém, os olhos eram obrigados a parar

---

3) Em Mato Grosso é um modo muito usual de interpelar as pessoas de importância. Às vezes dizem simplesmente: ó senhoria!

demoradamente nos grupos de buritis e taquaruçus que acompanhavam o percurso do córrego e que mais se condensavam em torno de uma bacia larga e natural em que as águas se espraiavam sobre um fundo de areias prateadas.

Aí era o banho de Ierecê.

Às vezes, alta noite, o velho Morevi rompia o silêncio do vale com um canto lúgubre, cortado de notas agudas e desafinadas. Para essas barulhentas vigílias é que se trajava do modo em que o encontrara Alberto no dia de sua chegada a Hetagati; saia toda enfeitada de lentejoulas, presa à cintura por um talim bordado a contas de cor e corpo riscado de urucu e jenipapo. Os complementos de sua vestimenta sacerdotal eram um espanador grande de penas de ema, ornado de desenhos caprichosos e um chocalho que sacudia pesadamente, ao passo que percorria, a avançar e recuar, um couro sem pêlo estendido diante da porta.

Eram as conferências do feiticeiro com *acauã*, espécie de gavião pequeno que solta guinchos finos, acentuando as sílabas que lhe deram o nome — a - cau - ã, pássaro agoureiro no dizer dos índios e com cujas consultas podem os padres descortinar o futuro.

De madrugada, o canto de Morevi sofria uma parada longa: de repente se ouvia muito ao longe o grito do milhafre a que o velho respondia com voz de súplica a fim de chamá-lo para mais perto. Assim parecia acontecer. Os pios vinham se tornando cada vez mais distintos e afinal os ares estrugiam com um estridente hino de triunfo em que o rouquejar do velho se casava com o vozear do pássaro adivinho.

Aí começavam as revelações.

Alberto, a princípio, pela singularidade da coisa e pela perfeição com que era imitado o gritar do acauã, foi observar o velho e ouvir-lhe as descompassadas cantigas ; entretanto, ao depois, ficava impaciente por ser interrompido no melhor do sono.

Ierecê, então, foi ter com o avô e tais argumentos empregou, apoiados em dádivas e promessas, que nunca mais aquela grita dissonante perturbou a tranqüilidade das noites. Se continuaram as consultas ao acauã, foram sem dúvida feitas com toda a modéstia em voz muito baixinha, para não incomodar o *português*.

Em compensação, se, para sossego dos ouvidos, calava-se Morevi, a netinha cantava melodias de sua nação, sempre no mesmo tom e com as mesmas notas, mas com voz tão suave e pura, que ouvi-la conciliava um sono doce e enervador. Ela cantava como cantam os passarinhos que para única música tem só duas ou três modulações que Deus lhes pôs na garganta para o seu passatempo... mas assim mesmo não agrada tanto ouvi-los?!

Quando Alberto lhe pedia alguma canção, Ierecê cheia de alegria, mas tolhida de vexame, principiava toda a corar e a empalidecer, balbuciando e murmurando; depois, firmava a voz e desprendia do peito notas repassadas de uma ternura indizível e que vibravam como partidas das cordas do coração.

Era, com efeito, o pobre coração que estremecia e alçava preces de amor a quem o cativara.

Uma noite, o luar era brilhante; tudo resplandecia de luz branda e azulada.

A mata, ao redor, formava uma linha escura, e o ribeirão parecia desdobrar-se em lâminas de prata. Pontos cintilantes coroavam a folhagem compacta das palmeiras, por entre cujos troncos a luz, coando vivamente, estendia pelo chão compridas sombras que semelhavam colunas derrubadas por terra.

Ierecê preparara uma surpresa.

Fora, de manhã, à aldeia do Agaxi convidar diversas índias quiniquinaus para virem passar a noite no Hetagati.

À hora aprazada, chegaram de fato três belas raparigas, vestidas com a tradicional *julata* que lhes deixava descobertos os seios pequenos e empinados. O tipo era o mesmo que o de Ierecê; mas esta, no meio das companheiras, parecia uma deusa cercada de ninfas. Tinha porte mais altivo, fisionomia mais expressiva e inteligente.

Alberto, ao ver chegar o gentil bando, adiantou-se ao seu encontro.

A guaná o mostrou com orgulho, e, tomando pela mão a visitante que lhe pareceu mais bela, caminhou para o mancebo; então, entre risonha e medrosa, disse-lhe que doravante se considerava vencida em formosura e cedia o seu lugar a quem mais lhe o merecia.

A recusa imediata não mostrou ofender a quiniquinuo e mais exaltou a alegria de Ierecê.

Um dos característicos das raças selváticas é estarem os seus indivíduos sempre dispostos para comer. Foi por isso que, havendo Florindo sido avisado de antemão e preparado lauta refeição de porco do mato, palmito amargoso e pirão de milho, puderam as recém-chegadas sem demora satisfazer a sofreguidão do apetite.

Acabada a ceia, foram todas ao córrego e banharam-se com grande e festivo ruído.

Já então havia Ierecê espalhado diante da choupana uma ramagem fresca e odorífera, sobre a qual estendeu um pano alvo, a fim que Alberto se deitasse, e mais a gosto pudesse assistir aos dançados que ela e as companheiras iam executar.

Morevi deu o sinal batendo num tambor de pele de anta e entoou uma canção de andamento vivo.

Ao ouvirem as primeiras pancadas, as índias se puseram em linha e nessa disposição avançaram e recuaram diversas vezes com passo fingidamente trôpego; depois, soltando as mãos, compuseram várias figuras ou em grupos de três, ou correndo em círculo umas atrás das outras, antes de reformarem a linha primitiva. De vez em quando uma delas parava e unia a sua voz à do rouquenho cantor para animar o dançado que se acelerava e mais calor e vivacidade tomava com os gestos elegantes e posições voluptuosas, quase lúbricas, das bailarinas.

Depois da dança, cantaram todas juntas um coro, que pecava, não pelo afinado das vozes, mas pela falta absoluta de variedade, razão pela qual Florindo observou com graça que aquela música havia de agradar muito quando a gente estivesse a dormir.

À hora em que o cruzeiro vai virando no céu, Ierecê deu por finda a função.

Alberto se distraíra mediocremente, mas julgou caso de polidez e justa condescendência mostrar-se plenamente satisfeito e divertido.

Quem não cabia em si de contente era a guaná. Sem contestação dançara com mais graça do que as outras, provocando sempre os aplausos do branco, cujos sentimentos de delicadeza começava a compreender e a partilhar, tanto assim que não deixou ninguém vir dormir na sua choupana e foi levar as visitantes a fazerem companhia pelo resto da noite ao velho Morevi.

Este não teve remédio senão ceder lugar às jovens quiniquinaus e, puxando para fora o couro que lhe servia de leito, dormiu sem mais cerimônia ao relento.

De manhã, antes que o sol rompesse, retiraram-se as índias, levando os presentes que mais podiam lhes agradar: sal, chitas, espelhos, contas, agulhas, e os restos do banquete da véspera.

Ierecê foi acompanhá-las até certo ponto do caminho, mas não quis chegar até a aldeia.

No entretanto os dias e as semanas haviam passado, e Alberto não dava mostras de perceber isso.

— Sabe V.S., perguntou-lhe um dia Florindo, quanto tempo faz que estamos aqui?

— Talvez um mês, não é?

— Já lá vão dois, retificou o soldado.

Foi com verdadeiro espanto que Alberto verificou ser exata a conta.

— Mas então, disse ele, Júlio Freitas há muito deve estar de volta!... Como é que não apareceu por cá?

— É que o Sr. capitão frechou direitinho de Nioaque para Miranda pelo Lalima. Fazia V.S. na *cidade* e foi para lá em rumo certo.

— Então de Nioaque há outro caminho que não este?

— De Nioaque, nhôr-não. Da Forquilha, dez léguas mais *arriba*. Aí há uma estrada que vai de parelha com o rio Miranda.

— O que você diz é certo. Júlio Freitas deve estar à minha espera. É preciso que eu chegue até a vila. Amanhã... talvez...

No dia seguinte o projeto de partida não se realizou.

— Não irei eu mesmo, disse Alberto para o soldado. Você é quem seguirá para Miranda montado no meu animal. Entenda-se com o Sr. capitão, diga-lhe que estou de saúde e peça que, se puder, dê uma chegada até cá. Se não, eu lá estarei nestes dias próximos.

O camarada, à noitinha, preparou uma paçoca para a viagem.

— Quem é que vai embora? perguntou-lhe Ierecê vendo-o ocupado naquele mister.

— Eu, respondeu Florindo, tenho que dar um pulo até a *cidade*.

A índia ficou sobressaltada; muitas vezes fez a mesma pergunta e ouviu a mesma resposta.

Sem saber ainda pelo que, o seu coração se apertava de tristeza e um pressentimento doloroso agitava-lhe a alma.

Também mal pôde dormir e, abrasada de insólita agitação, debalde foi por vezes pedir às águas do córrego refrigério para o calor e o mal-estar que não lhe permitiam quietação.

Uma coisa impediu a partida de Florindo; foi o aparecimento matutino de Júlio Freitas a cavalo, acompanhado de um morador da vila.

Ele deu grandes brados ao avistar Alberto.

— Então, Sr. anacoreta das dúzias, escondido neste lindo retiro e os outros com cuidados de sua pessoinha! Os dois amigos se abraçaram afetuosamente.

— Quando cheguei a Miranda, disse Júlio, há quase uma semana, fiquei pasmo de não encontrar a você. Pedi notícias suas, não mas souberam dar... Então suspeitei que pudesse ter dado fundo na aldeia dos quiniquinaus e vim em pessoa arrancá-lo, morto ou vivo, de seus estudos antropológicos... E as febres?

— Há muito que já se foram...

— Mas tudo aqui é lindo! exclamou o recém-chegado com expansão. Que soberbos buritis! Você é um verdadeiro artista. Enquanto eu corria campos batidos de um sol abrasador e caminhava sem trégua, sua senhoria, deitado à sombra dos taquaruçus, deixava o tempo correr mansamente como as águas daquele belo córrego! Não há vida melhor. Que diz, Sr. João Faustino? Ah! deixe lhe dar o conhecimento deste amigo de Miranda. É um morador da vila, pessoa que estimo muito e que conheço desde Cuiabá.

Alberto apertou a mão do apresentado, homem de meia-idade, rosto moreno, fisionomia amena e franca.

— O Sr. Faustino, continuou Júlio, acompanhou-me até cá, porque vem contratar uns índios para irem trabalhar na sua fazenda do Rodrigo. É um ótimo companheiro para a folia e para o perigo, homem com quem se pode contar.

Quando ao almoço Alberto apresentou Ierecê ao seu amigo e a João Faustino, eles não puderam ocultar a admiração que lhes causava a venustade da índia.

— É uma bela mulher! murmurou Júlio a meia voz. Palavra de honra, Alberto teve faro.

— Você é da aldeia? perguntou Faustino a Ierecê em língua chané que ele falava com perfeição.

— Não, respondeu ela, sou de Albuquerque; desde que estou aqui, os *paratudos*[4] já deram flor cinco vezes.

Se a índia produziu aquela impressão de surpresa, homenagem inequívoca à sua formosura, por seu turno recebeu um choque imenso. De momento percebeu que aqueles homens vinham lhe roubar o ente a quem ela prezava neste mundo só, acima de tudo.

Pôs-se atenta a ouvir a conversa, e qualquer dúvida ainda possível, qualquer esperança que pudesse afagar, fugiu-lhe para logo do espírito.

— Então, Alberto, dizia Júlio Freitas, a sua vida tem sido um paraíso...

— Passei bem...

— Pois, meu amigo, não há bem que não se acabe. Nestes dias devemos todos partir de Miranda. Não sei se você quer ficar... Ah! a propósito, trago-lhe uma carta do Rio de Janeiro... Quer ver que a perdi!...Não; está aqui: fui pescá-la na mala que por acaso chegou de Cuiabá, de modo que a data não pode ser muito antiga.

Alberto abriu a carta que lhe passara o amigo, e uma nuvem correu-lhe pelo rosto.

— Tenho más notícias, disse ele, dos meus negócios na Corte. O banqueiro em que tenho algum dinheiro está, pelo que me escrevem, um tanto abalado...

— Com mil bombas! exclamou Júlio, o caso não é de brinquedo! A sua presença é indispensável e quanto antes...

— Sim, concordou Alberto distraidamente, preciso partir.

Ierecê ouvira tudo com rosto impassível, mas dentro d'alma parecia-lhe que a sua hora de morrer vinha chegando.

Durante o dia Alberto, com algum constrangimento, confessou a Júlio Freitas e a João Faustino que sentia bastante desgosto,

---

4) O paratudo, no distrito de Miranda, é uma árvore que anualmente se cobre de flores grandes e amarelas. Os índios contam os anos pela época da florescência.

quase remorsos, em deixar Ierecê. Levá-la, era impossível, ele bem via, mas também abandoná-la de chofre...

— Entretanto, objetou Freitas com algum calor, você não pode ficar aqui aniquilado!... Fora quase um crime!...

— De certo, porém...

— São coisas que acontecem todos os dias... Demorar a resolução é que é mau...

— Depois, ponderou João Faustino, convém lembrar-se que os índios esquecem depressa. Ierecê poderá ficar sentida uma semana, duas, se tanto; depois consolar-se-á... é...

— É a lei universal, concluiu filosoficamente Júlio Freitas.

Alberto nada replicou.

— Se eu tivesse, disse ele por fim, ao menos alguém que olhasse para esta pobre criatura, lhe desse de vez em quando alguma coisa para a sua subsistência...

— Pois aqui está o João Faustino, respondeu Freitas. Ninguém melhor do que ele se incumbirá de tudo...

— E com a maior satisfação, confirmou o outro. Estou completamente ao seu dispor para tudo quanto for do seu serviço...

— Obrigado... agradeço a sua boa vontade e aceito os seus oferecimentos sinceros... Sobre o mais, conversaremos com vagar em Miranda.

— Em todo o caso, anunciou Júlio Freitas, volto amanhã para a vila. No fim de poucos dias parte de lá o vapor, e não podemos perder uma ocasião dessas...

— Pois bem, concordou Alberto, partam vocês, eu ficarei mais uns dias, e no domingo estarei em Miranda.

— Sem falta? perguntou João Faustino sorrindo-se.

— Infalivelmente...

— Veja se vai perder o vapor... depois não teria outro remédio senão descer em *igarité* para Corumbá... viagem vagarosa e maçante...

— Não... eu partirei no *Alpha*, afiançou Alberto.
De manhã Júlio Freitas e Faustino se despediram.

Ierecê mostrou-se completamente alheia àquelas novidades, mas, quando viu os visitantes partidos, olhou para Alberto com tamanha angústia, tanta expressão que esse ficou todo perturbado.

— Que tem você? perguntou ele.
— Nada, respondeu a índia...
— Você está doente?
— O corpo não está, mas isto está ficando...
E apontou para o coração, acrescentando.
— E para sempre.
Depois tornou-se silenciosa.

À hora da refeição recusou comer e com a aproximação da tarde tornou-se muito agitada. Ia e vinha do córrego para a choupana a passo lento e com o ar de completa distração. Debalde Alberto procurou gracejar com ela: nem sequer um sorriso melancólico desdobrou-lhe os lábios contraídos. Tinha os olhos secos e brilhantes.

A noite não lhe trouxe lenitivo: pelo contrário mais aumentou-lhe o desassossego: por vezes saiu para fora da palhoça e respirou sôfrega o ar frio da madrugada.

Havia um luar tristonho de minguante: o vale estava frouxamente iluminado e ao longe ouviam-se os *quero-queros* que gritavam nas matas do Aquidauana.

O coração de Ierecê confrangeu-se ainda mais. A certeza de que uma grande desgraça estava iminente sobre a sua cabeça a acabrunhava.

Voltou para a choupana e parou perto da rede em que dormia Alberto.

Aí ficou por largo tempo perplexa; depois tocou levemente no ombro do moço e acordou-o.

— Então, disse ela, *unái*[5] vai-se embora?

Sua voz era tão fraca que mal se ouvia no silêncio da noite, e entretanto quanto esforço assim mesmo lhe custara essa pergunta!

— Preciso partir, Ierecê, respondeu-lhe Alberto, sentando-se na rede.

— Foram aqueles homens maus que vieram buscar *unái*.

— Não. Eu devia mesmo ir para o Rio.

— E que será de Ierecê?

Alberto não pôde de pronto acudir à interrogação. Estava vacilante.

— Ierecê, disse afinal, ficará aqui. Há de sempre se lembrar de mim. Deixo ordem a João Faustino para que o seu avô tenha dinheiro e roupa...

— E *unái*, perguntou ela, parando em cada palavra, nunca mais há de voltar?

— Volto...

Ierecê abanou a cabeça e suspirou profundamente.

De manhã a sua fisionomia estava toda alterada. A mão pesada da dor havia pousado sobre o seu rosto e, tirando-lhe o colorido das faces, traçara círculos roxeados ao redor dos olhos.

Durante todo o seguinte dia, apesar das rogativas e até ordens imperiosas de Alberto, ela nada comeu. Acocorada em um canto estava sombria. Parecia doente ; teve um pouco de febre.

Como tal situação tornava-se penosa para Alberto, decidiu ele partir antes do dia em que pretendia sair do Hetagati.

Comunicou, pois, a Morevi que na manhã seguinte se fazia de viagem.

O velho não mostrou o menor abalo nem desgosto; pelo contrário desejou-lhe toda a sorte de felicidades pelo regresso e

---

5) Quer dizer: *senhor*. Entre os índios é um tratamento de muito respeito.

cobriu-o de bênçãos quando soube que tudo quanto continha o rancho ao lado viria a pertencer-lhe desde logo. Com a posse de duas redes, alguns cobertores, espingardas, pólvora e chumbo, peles, facões, um par de tamancos e várias notas de papel-moeda, julgou-se o estimável feiticeiro senhor de riquezas inesgotáveis e na obrigação de manifestar ruidosamente o maior reconhecimento a quem se despedia por modo tão generoso.

Não foi sem beijar repetidas vezes a mão de Alberto, que Morevi o deixou montar a cavalo.

Ierecê tinha se ausentado.

O mancebo, depois de despachar o camarada Florindo, disse com os olhos um adeus eterno àquele recanto e fazendo um gesto amigável ao velho, partiu à hora em que o sol ia quase chegando ao pino.

Seguia ele pela trilha que levava à estrada geral, quando numa das voltas viu Ierecê mais adiante sentada num tronco de árvore caída e à sua espera.

Ela levantou-se empalidecendo muito; quis correr, mas não pôde e deixou que o cavaleiro se aproximasse mais. Então chegou-se trêmula e, encostando a cabeça à coxa de Alberto, ficou por um pouco imóvel apertando de encontro aos lábios a mão do seu amado, ao passo que lentamente lhe descia pelas faces uma lágrima, uma única, mas de fogo que devorava para sempre a alegria do seu rosto, como lava ardente de vulcão a abrir sulco fundo e devastador.

— *Biónne*[6], disse-lhe o moço sinceramente comovido.

— *Pehehêvo*[7], respondeu ela, *pehehêvo*!

Levantou então os olhos e contemplou ainda uma vez aquele que ia deixar para nunca mais ver; depois voltou as costas e com

---
6) Adeus.
7) Adeus. A diferença entre as duas palavras provém de que a primeira é a despedida de quem parte e a outra a saudação de quem fica.

passo vagaroso tomou rumo de sua choupana tão cheia de seduções há dias, agora deserta... deserta...

Para a sua dor imensa, nem sequer tinha, como índia que era, o bálsamo das lágrimas, esse orvalho das almas malferidas. Alberto tocou o cavalo com energia. Daí a dois dias chegou à vila de Miranda.

CAPÍTULO III

Júlio Freitas se ocupara ativamente do regresso, e, como o vapor *Alpha* estivesse pronto para seguir viagem, veio a presença de Alberto dispensar outra qualquer demora.

— Quanto mais depressa melhor, pensava ele depois de dar a João Faustino as instruções relativas ao vale do Hetagati.

A lembrança de Ierecê oprimia-lhe o espírito, como se houvera praticado uma ação má. Não era propriamente paixão o que sentia por aquela índia, mas uma imensa comiseração acompanhada de verdadeira amizade.

Três dias se passaram na vila empregados nos cuidados da partida. Na manhã seguinte o vapor levantava ferro.

À tarde estava Alberto conversando com João Faustino à porta da casa deste, uma das raras cobertas de telha, na rua da Matriz, quando avistou um velho e uma mulher que vinham quase a arrastar-se pelo caminho, prostrados de fadiga.

Eram Morevi e Ierecê, cobertos de pó, arfando de cansaço e de fraqueza.

Correr ao encontro da infeliz rapariga, abraçá-la e levá-la para o interior da casa em que se achava foi o que fez Alberto com a maior espontaneidade, sem hesitação nem vexame, apesar de haver espectadores que pudessem o censurar.

O velho, banhado de suor, aniquilado, deixara-se cair pesadamente no chão ao pé da porta.

Alberto quis ralhar com Ierecê, mas achou-a tão mudada, que não teve ânimo. Ela tinha as faces encovadas e tremia de frio e emoção.

— Que farei Sr. Faustino? perguntou o moço querendo tomar sério conselho naquela contingência.

— Parta, disse-lhe este com firmeza. Esta coitadinha mostra dedicar-lhe uma afeição verdadeira, mas por isso ficará o Sr. retido nestes sertões? E por quanto tempo? Não há rapariga que não tenha passado por transes desses, mulheres da mais alta sociedade e fortuna, quanto mais estas infelizes que se apegam logo a quem as trata com carinho. Levá-la para o Rio de Janeiro fora para o Sr. causa de incômodo e de contínuo vexame. Além disso os encantos de Ierecê que agora podem parecer irresistíveis, perderão muito, caso não se ofusquem de todo, comparados que sejam com as belezas que a arte e a civilização fazem realçar. As suas relações que aqui eram muito lícitas e naturais tornar-se-iam em qualquer outra parte impossíveis e motivo justo de escândalo. Parta! Escrever-lhe-ei de vez em quando, mostrando-lhe que cumpri exatamente com todas as suas ordens.

À noitinha a índia comeu um pouco, depois de muito instada. O avô porém precipitou-se sobre a comida e devorou-a como se houvesse jejuado todos aqueles dias passados.

Afinal chegou a hora da partida.

Ierecê foi até o porto do rio Miranda e deitou um olhar de cólera concentrada para o navio que lhe roubava o amante.

Parecia, contudo, calma.

Alberto, não querendo chamar sobre si a atenção da gente que acudira a ver o embarque, ocupava-se ativamente de suas cargas; antes porém de saltar na canoinha que o ia levar ao *Alpha* já sobre rodas no meio do rio, chegou-se a Ierecê, apertou-a ao peito rapidamente mas com força e, retendo a custo as lágrimas, depositou-a nos braços de Morevi.

Ela tinha perdido os sentidos, e quando uma filha das selvas e da inculta natureza desmaia, é que a dor a esmagou com mão de ferro num paroxismo horrível; é que o seu coração estalou numa contração de agonia e a sua alma entrou em dúvida se era ou não chegada a hora de sair daquele corpo para ir buscar outro mundo, outros destinos.

Cinco meses depois de sua chegada ao Rio de Janeiro, Alberto Monteiro recebeu da mala de Cuiabá uma carta extensa que, datada da vila de Miranda, logo às primeiras linhas o abalou fortemente.

Era de João Faustino.

"Meu amigo, dizia ele, as minhas previsões foram infelizmente errôneas. Ierecê, a bela virgem do Agaxi, já não existe.

"Pouco tempo depois dela sair daqui, tive necessidade de chegar ao Lauiad e como o desvio da estrada era insignificante, fiz uma visita ao vale de Hetagati.

"Nem de propósito. Vinha eu assistir à morte daquela bela criatura. Quando assomei à porta do seu *rancho*[1], ela deu um grito de júbilo e, reconhecendo-me logo, fez gesto de querer levantar-se da rede em que estava deitada.

"Sua magreza era extrema.

"Fiquei tanto mais surpreendido, quanto ela se mostrara, à saída da vila, tranqüila e resignada.

"— *Unái* volta? perguntou-me ela com ansiedade que me cortou o coração.

"Julguei de caridade mentir.

"— Ele me mandou dizer que já tinha partido do Rio de Janeiro.

"Um sorriso melancólico entreabriu-lhe os esbranquiçados lábios, e os seus olhos empanados ainda puderam fulgir.

"Depois não disse mais palavra.

---

1) Em Mato Grosso toda casa de palha é chamada *rancho*.

"Perguntei ao velho Morevi como chegara Ierecê àquele estado em tão curto prazo. Contou-me então que desde a volta ao Hetagati, a sua neta não quisera ou não pudera mais nem dormir nem tomar alimento. Uma tristeza sombria a acabrunhava, e febre surda mas contínua lhe minava as fontes da vida. Debalde, como feiticeiro, conferenciara ele com o acauã; debalde, como sacerdote, cantara noites seguidas; debalde, como médico, chupara o lugar em que batia o coração para ir cuspir numa cova distante o terrível mal — a nada cedera a moléstia mortal.

" — O *português*, disse-me em voz baixa Morevi, levou a alma dela.

"Observei Ierecê: poucas horas tinha que viver.

"Estava como que adormecida, arfando um pouco. De vez em quando parecia querer sorrir.

"Ao meio dia abriu de repente uns olhos espantados, pediu água e expirou, pronunciando em voz, mais e mais baixa, um nome que o senhor há de conhecer.

"— Alber...to...Al...ber...to!

"Vendo-a morta, proibi que Morevi se entregasse às expansões de dor tumultuosa como usa a gente de sua nação, de modo que aqueles uivos e gritos selváticos com que os chanés pranteiam a morte dos parentes, não perturbaram o sossego do vale em que tanto havia sofrido um coração.

"Antes de chegar a noite, enrolei o corpo daquela bela mulher na rede e enterrei-o no chão do rancho, conforme ela desejara e poucos dias antes pedira ao seu avô.

"Fiz uma cruz e finquei-a à cabeceira da sepultura.

"Ierecê tinha o direito de descansar amparada pelo símbolo da religião de Deus, cujos lábios sagrados perdoaram àqueles que haviam durante a vida amado muito."

* * *

Alberto Monteiro chorou largo tempo, e ainda hoje a recordação do amor de Ierecê enuvia-lhe o espírito e constringe dolorosamente o seu coração.

FIM DE IERECÊ A GUANÁ

OS ÍNDIOS DO DISTRITO DE MIRANDA

Em dois importantes grupos se divide a raça índia, habitante de Miranda: os *guaicurus* e os *chanés*. Os primeiros compreendem três tribos: a *guaicuru*, propriamente dita, que vai desaparecendo pelo contato imediato com a gente branca, os *cadiuéos* que, pelo contrário, se conservam no estado quase selvático, em terrenos próximos aos rios Paraguai e Nabileque, ainda não bem explorados, e os *beaquiéos* que habitam com os cadiuéos[1].

Os *chanés* subdividem-se em quatro ramificações: os *terenas*, que constituem os três quintos da população aborígene, os *laianas*, os *quiniquinaus* e os *guanás* ou *chooronós*, de entre todos os mais dóceis e civilizados.

A língua é a mesma para todos estes, com algumas alterações que entretanto não lhes impedem a fácil compreensão recíproca. Os costumes e práticas gerais: o seu tipo, porém, conservando um *facies* bem determinado oferece distinções que assinalam caracteristicamente cada uma destas tribos.

O *terena* é ágil e ativo: o seu parecer exprime mobilidade: a sua inteligência astuciosa e com propensão ao mal. Aceita com dificuldade as nossas idéias e conserva arraigados os seus usos especiais talvez por espírito mais firme de liberdade. O homem é

---
1) Das outras tribos que refere Castelnau, não ouvimos falar. Talvez estejam extintas ou confundidas com estas.

robusto, corpulento, de boa estatura; o semblante apresenta o nariz um tanto achatado na base; as sobrancelhas pouco oblíquas, em alguns indivíduos bastas e desenhadas com regularidade; às vezes é pugibarba, outros têm buço e barbas bem aparentes. A desconfiança se lhes transluz nos olhares inquietos, vivos; a dobrez nos gestos. Escondem com gosto os sentimentos que os agitam; falam com volubilidade, usando do seu idioma sempre que podem, e indicando o aborrecimento em se expressarem em português.

As mulheres são de estatura baixa: têm a cara larga, beiços finos, cabelos grossos e compridos. Às vezes, tem o tipo um cunho de amenidade que admira, grande regularidade nas feições e expressão de inteligência. Trazem comumente parte do busto descoberto e uma julata[2] de algodão cinta abaixo dos seios, com uma das pontas passadas entre as coxas e segura na cintura. Raras mulheres sabem falar o português: todas porém o compreendem bem, apesar de fingirem não o entenderem. São as mais laboriosas e industriosas da raça índia, guardada a relação necessária entre a atividade e indolência próprias das nações índias.

O *laiana* é um tipo de transição: tem muito melhores instintos, menos a aversão aos brancos, de cuja língua se serve sem repugnância, pelo contrário com gosto e facilidade. O homem é mais delgado que o terena, menos inquieto; a fisionomia contudo é muito menos viva e inteligente. Os seus hábitos de trabalho são mais aproveitáveis, porém menos constantes e esforçados.

São as mulheres geralmente feias: têm os olhos comumente apertados, a cor dúbia: não é o avermelhado franco do corpo do terena nem o amarelo, algum tanto macilento, do quiniquinau. Entretanto, como em quase todas as índias chanés, o talho do corpo é elegante e esbelto, as mãos e pés pequenos e delicados.

O tipo *quiniquinau* é já mui diverso dos dois precedentes; traz

---

2) Tanga, avental.

o homem estampadas no rosto a apatia e placidez: as feições, sem animação, são regulares e proximamente belas. A sua força de trabalho é muito diminuta: passa os dias deitado sobre um couro pelado, sem saudades do passado, nem receios do futuro; cultiva, com grande custo, alguns cereais que a família come na proporção da colheita; se abundante, muito; tudo em poucos dias; se nenhuma, passará a côcos e frutas[3] do mato.

A mulher é bela: pela mistura de raças, fácil nessa tribo mais relacionada com os brancos e negros e encostada a eles, a cor ou é de um amarelo escuro de canela (caburé) ou de um branco ligeiramente amarelado. Nesse caso, as faces são delicadamente rosadas; a tez pura, os lábios rubros, as gengivas vermelhas. Quase todas compreendem o português: fazem esforços para falá-lo, apesar do vexame que mostram experimentar.

O *guaná*, no distrito, quase tem desaparecido nas raças branca, índia ou negra, que o cercam. Vimos porém uma índia, chamada Antônia, filha de pai quiniquinau e mãe guaná, que sobre ser verdadeiro tipo de beleza pela venustade de rosto, delicado da epiderme e elegância do corpo, tinha suma graciosidade e donaire.

Os *guaicurus*, homens em extremos vigorosos, têm as feições brutais e grosseiras; estatura maior que meã, avantajada, às vezes, por modo estranhável.

O capitão Lapagates, chefe de uma aldeia de cadiuéos, a quem vimos no Taboco, era um varão imponente, com rosto expressivo e olhar inteligente; tinha no trato uma amenidade bondosa que muito caracterizava aquele herói do forte — Olimpo.

É geral a todos os índios aguçarem os dentes, formando pontas finas; é também geral usarem de *urucu* e *jenipapo,* para pintarem no rosto arabescos, figurando desenhos singulares ou fingirem barbas e bigodes.

---

3) Muito apreciam o *tarumá* (Vitex motevidensis) que em dezembro de 1866 constituía a principal alimentação das gentes quiniquinaus dos Morros.

Entre os cadiuéos, contudo, é isso regalia peculiar às mulheres e filhas dos capitães; os mais pintam tão somente ao redor da boca, o que lhes dá aspecto curiosamente feroz.

Esses desenhos são, às vezes, feitos com muita regularidade, ora simplesmente com alguma tinta corante em vésperas de solenidades, ora marcados indelevelmente com uma ponta de agulha em brasa.

É também comum a todos os índios do distrito[4] o hábito da mais apurada limpeza: lavam o corpo três ou quatro vezes por dia; por qualquer tempo que faça, calor ou frio. As mulheres cuidam muito na alvura de seus panos e procuram sempre andar limpas, exceto as velhas que dão, com o tempo, de mão a esses cuidados.

Os terenas, como acima dissemos, formam a maior parte da população índia do distrito: as suas aldeias estavam situadas no *Naxedaxe*, a 6 léguas da vila de Miranda; no *Ipêgue*, a 7½; na *Cachoeirinha*, e num lugar a 3 léguas, constituindo um aldeamento chamado *Grande*, além de outros pequenos centros. Três a quatro mil indivíduos moravam nesses diversos pontos.

Os quiniquinaus aldeavam no *Euagaxigo*, a 7 léguas N.E. de Miranda; os guanás no *Eponodigo* e no *Lauiád*[5], em número de 30 a 40; e os laianas a meia légua da vila.

Os guaicurus habitavam no *Lalima* e perto de *Nioaque* e os indômitos e falsos cadiuéos em *Amagalobida* e *Nabileque*, para os lados do rio Paraguai.

O aldeamento modelo no baixo Paraguai era incon-

---

4) Léry faz esta justiça às índias em geral, quando diz: "qu'à toutes les fontaines et rivières claires, qu'elles rencontrent, s'accroupissants sur le bord ou se mettans dedans, elles jettent, avec les deux mains de l'eau sur leur teste et se lavent et plongent ainsi tout leur corp comme cannes, tel jour sera plus de douze fois" (*Histoire de l'Amérique*, p. 128).

5) Quase todos os nomes de lugares e rios do distrito de Miranda são de origem guaicuru.
— *Euagaxigo* significa bando de capivaras; *Eponodigo*, bando de traíras; *Lauiád*, campo belo; *Nioaque*, clavícula quebrada.

testavelmente o do *Mato Grande* ou do *Bom Sucesso*, perto de Albuquerque, onde os quiniquinaus, debaixo da paternal e inteligente direção do virtuosíssimo missionário Frei Mariano de Bagnaia, apresentavam os frutos valiosos da catequese bem entendida. Aí os índios obrigados a um trabalho regular, viviam na abundância, entregavam-se a diversos ofícios e aprendiam as artes liberais. Havia uma banda de música, toda composta de indígenas. Uma escola de primeiras letras funcionava com número crescido e alunos estudiosos e nela se incutiam os princípios de religião de que tanto necessitam aquelas infelizes criaturas.

Uma tribo, que desapareceu do distrito quase totalmente, é a dos *guaxis*, da qual se encontram só alguns indivíduos, confundidos com gente de outra nação. Essa extinção é devida ao hábito extraordinariamente imoral da morte dos fetos no ventre das mães, as quais produzem abortos, usando de ervas e raízes apropriadas. Os laianas vão também pouco a pouco se extinguindo e, apesar do contato contínuo com os mirandenses, iguais fatos se dão entre quiniquinaus e terenas.

Entre os índios acima mencionados, aparecem alguns *caiuás*. Habitantes do norte da república do Paraguai, nas cabeceiras do rio Aquidabã, são prisioneiros de guerra nas correrias que os cadiuéos costumavam fazer nas terras daquela república. Para esse fim saíam do Nabileque, passavam os campos da Pedra de Cal[6] e, costeando a serra de Dourados, iam ter às águas do Iguatemi, contravertente do Aquidabã.

Os caiuás eram vendidos depois e passavam, de mão em mão, na qualidade de cativos, aos quais chamam de *cativeiros*.

A escravidão é a mais doce possível. O *cativeiro* faz parte da família, come com ela, é tratado como filho da casa; tem até

---

6) Esses lindíssimos lugares foram explorados a vez primeira pelo intrépido sertanejo José Francisco Lopes, o qual encontrou, numa de suas viagens, uma numerosa partida de cadiuéus, que o acompanhou até terras do Paraguai.

regalias especiais. A senhora irá buscar água à fonte e lavar a roupa que pertença ao seu escravo e nunca o obrigará a esses serviços. Entretanto os cativos são vendidos com suma facilidade e por qualquer ninharia, apesar da longa convivência que os una ao senhor.

Os índios do distrito vivem na maior ignorância e indiferença em matéria de religião. A catequese acha-se muito atrasada e tem sido mal dirigida. Poucos quiniquinaus conhecem a significação da Cruz e somente alguns guanás usam de nossas preces.

O mais existe nas maiores trevas: entretanto eles têm na língua uma palavra para exprimirem Deus, a quem chamam *Nhande-iára*[7].

Cada tribo tem porém um certo número de *padres* cantores, os quais servem ao mesmo tempo de médicos e feiticeiros: são destinados desde a infância ao sacerdócio e ainda crianças aprendem as poucas cantigas que lhes são particulares. Homens e mulheres servem indistintamente: nenhum sinal os distingue: nenhum respeito os rodeia.

O mais absurdo fetichismo pareceu-nos ser a religião dos padres: por qualquer motivo, colheitas, chuva contínua, sol ardente, *pendoar* do milho, etc., cantam noites inteiras, denunciando presságios e conversando com a ave *macauã*, que eles fingem chamar de longe, imitando-lhe o cantar tristonho.

Esse pássaro é pois para eles um ente sagrado. Entretanto os outros índios matam o macauã[8] com tão pouca reverência, que indica o pouco caso que dele fazem. Temos por sem dúvida que os próprios padres, em ocasião oportuna, saboreiam a carne daquela ave, dando de mão aos princípios religiosos e ao encargo de consciência.

Às vezes, no meio de suas práticas, faz o padre grosseiros

---

7) Palavra guarani que significa Nosso Senhor. Os terenas usam desse vocábulo. Os outros guanás dizem *Echai-ua-nuche* (que está no céu).
8) *Herpethoteres*. Azara chama *Macaguá*: alguns *acauã* ou *oacavam*.

exercícios de prestidigitação: finge engolir penas compridas, tira-as do nariz, introduz flechas no estômago, etc., etc.; entretanto os seus admiradores são quase sempre crianças e velhas; os homens passam por diante dele, lançando olhares do mais completo indiferentismo, quiçá incredulidade.

O padre, para suas vigílias, veste-se com uma *julata*, ornada de lantejoulas e presa à cintura por uma espécie de talim de contas; pinta o tórax, braços e cara com jenipapo e urucu. Estende um couro diante de sua porta e nele caminha, lenta e compassadamente, avançando e recuando, a cantar, ora estrondosamente, ora em voz baixa e monótona, com acompanhamento de um chocalho, que ele segura na mão direita. Na esquerda empunha um espanador feito de penas de ema e bordado com desenhos caprichosos.

Uma família inteira pode ser de padres: assim pai, mãe e filhos cantam juntamente noites inteiras, cada um no seu couro, com seu espanador, cabaça e mais adornos; as mulheres, como os homens, trazem a parte superior do corpo nua e pintada.

O canto de madrugada sofre uma parada longa: de repente soa muito ao longe o grito do *macauã*[9]: responde-lhe o padre; vem-se aproximando o pássaro com os pios cada vez mais próximos, e, afinal, começam as suas revelações ao sacerdote. Essa cena não deixa de impressionar, pois a imitação do cantar do macauã ao longe e sucessivamente mais e mais perto, é feita com toda a perfeição.

O padre, como médico, é da mais crassa ignorância: não usa das plantas medicinais que o rodeiam e cujas propriedades medicamentosas parece desconhecer completamente. Ele aparta tão somente o doente do contato com os outros, apalpa-o diversas vezes, sopra no lugar enfermo[10] e canta freqüentemente,

---

9) Trata-se de um pequeno gavião que também é chamado de *acauã* no conto "Ierecê a Guaná" (Nota do Organizador).
10) O mesmo faziam os médicos entre os guaranis (Padre Lozano).

consultando o macauã. É a verdadeira medicina expectante, com fórmulas charlatânicas próprias da inteligência do facultativo e do medicando.

Quando o doente falece, o médico jacta-se de tê-lo deixado morrer por gosto[11]; nos casos de cura, recebe presentes e por muitos dias é ainda sustentado pela família do convalescente[12], a qual tem essa obrigação durante toda a moléstia.

Quando morre um indivíduo, a aldeia toda entra em alvoroço. A casa do morto é invadida, e nela levantam-se gemidos e gritos agudíssimos, soltos pelo mulherio e crianças[13]. Ora é um barulho ingente dominado pelo soluçar estrepitoso do parente mais próximo; ora é um murmúrio confuso que dura alguns minutos, recomeçando aquelas lamentações, que se ouvem muito longe.

O corpo fica em casa duas ou três horas somente: é logo amarrado em uma rede enfiada num varapau, que vai carregado por dois parentes. O enterro dirige-se para o cemitério, acompanhado por todas as pessoas das casas por defronte das quais vai passando; a grita se ergue assim cada vez mais intensa: todos lamentam-se, todos urram.

No ato de entregar o cadáver à terra, junto à cova matam-se os animais mais queridos do morto, ao qual enterram com todos os objetos, que mais afeiçoara. Se, nesse ato se apresenta alguém pedindo qualquer animal ou objeto, obtém-no logo sem dificuldade nem paga, ficando desde aí propriedade dele.

Os parentes cedem por esse modo reses, manadas de éguas, etc., etc., procurando desfazer-se de tudo quanto pertencera ao defunto.

---

11) Não sabemos se deve merecer fé o que diz Castelnau sobre assassinatos dos padres.
12) O mesmo se dava entre os padres dos guaranis (Padre Montoya).
13) Léry diz dos tupinambás: — "Ils lamentent de telle façon, que si nous nous trouvions en quelque village où il eust un mort, ou il ne fallait pas faire éstat d'y coucher, ou ne pas attendre de dormir la nuit. Mais c'éstait merveille d'ouyr les femmes, lesquelles braillent si fort et si haut que vous diriez, que ce sont hurlemens de chiens et de loups" (*Histoire de l'Amérique*, p. 392).

De volta do cemitério, o rancho é abandonado: toda a família muda-se: entretanto, durante muito tempo conserva-se, na palhada desocupada, água, fogo e cigarro, para que a alma do morto beba, se aqueça e fume.

Eis a idéia que manifestam da imortalidade da alma. Quando é uma mulher que morre, de volta do enterro, quebram-se todos os potes, pratos, etc. O rancho também é completamente desmanchado.

Os sinais por que os chanés manifestam a dor são extremamente ruidosos. O seu lamentar é em altos gritos.

Meses depois do falecimento de um parente, qualquer recordação[14] provoca cenas de dor estrepitosa, que é logo acompanhada por todas as velhas da aldeia: assim, o aspecto de um animal que pareça com um, outrora afeiçoado do defunto, o aparecimento da lua, a vista de uma roupagem, são causas de explosão de gritos que duram muitas horas.

O luto consiste — nas mulheres — em tirar os adornos de prata e ouro[15], brincos e colares, e cortar os cabelos à altura das faces: — nos homens — em usar roupas escuras, sem distintivos nem enfeites.

A duração do luto varia conforme o grau de parentesco: o do filho obriga a um ano; de pai e mãe a muito menos tempo.

Perto de nosso rancho de palha, nos Morros, habitava uma pobre índia velha que lamentava, noite e dia, a morte de seu filho único, agarrado pelos paraguaios em fins de 1865 e por eles morto a lança. O seu soluçar mostrava a dor profunda em que jazia, entretanto tinha os olhos secos e nenhuma lágrima se deslizava pelas rugosas faces. Os índios choram com muita dificuldade.

---

14) Léry refere: "Si elles se ressouviennet de leurs feus parents, ce sera, faisant les regrets accoutumez, à hurler de telle façon, qu'elles se font ouyr d'une demi-lieue (*Histoire. de l'Amérique*, p. 400).
15) A que chamam na província *lavrados*.

Ora ela enumerava, num cantar monótono, as virtudes do filho; ora pedia à lua que lhe recebesse a alma; ora rogava ao sol que aquecesse o lugar em que fora alanceado.

Era essa infeliz mulher um tipo de dor materna: estava magra como um esqueleto e vivia numa agitação constante.

Quase sempre aquelas manifestações são indiferentemente patenteadas, quer pelo falecimento de um homem ou de uma mulher, quer pelo de uma criança de peito: em todos os casos, é o mesmo ulular; idênticas as cerimônias.

A afeição que as mães demonstram aos filhos, que um pai tributa à família, a amizade que une os irmãos, são edificantes, em extremo tocantes.

Assim os pais servirão com toda a dedicação aos filhos, que lhes obedecem cegamente. Isso em cada grupo, em cada círculo. Não notamos particular respeito aos velhos, deferência à velhice, como acontece aos índios da América do Norte, de cujos costumes um tanto poetizados fez Chateaubriand assunto de verdadeiros poemas.

Dessa submissão resulta a verdadeira venda que se executa entre o pai de uma mulher núbil e qualquer homem que a queira para companheira ou mero passatempo: a filha sujeitar-se-á à imposição paterna, aceitando sem murmurar o esposo que lhe apresentem, ou desprezando aquele, se a separação aconselharem.

As mulheres amamentam as crianças por tempo indeterminado: vimos rapazotes de seis a sete anos, que vinham correndo suspender-se aos seios de suas complacentes mães.

Essa prática faz com que, com a maternidade, fiquem as mulheres completamente estragadas: os seios, com a prolongada pressão, pende-lhes ao longo do corpo, o qual também, pelo hábito de carregarem as crianças cavalgando num dos quadris, fica arqueado e desengraçado.

O casamento é cerimônia pouco usual: os meios de se contraírem núpcias são presentes e dinheiro, fonte donde dimana a mais horrorosa imoralidade, visto que a ganância dos pais simplifica todos os preliminares, que, sem dúvida, eram primitivamente exigidos.

Por dinheiro obtém-se mulher: quer índio, quer branco ou negro, tem necessidade de sujeitar-se às condições dos pais, os quais também aconselham às filhas a liberdade a mais completa em matéria de fidelidade.

O gênio dos índios do distrito, em que o ciúme é sentimento quase desconhecido, concorre para desenvolvimento da mais reprovável devassidão de costumes, aumentada pela índole dos habitantes de Miranda, como adiante mostraremos na parte em que tratarmos das relações entre as duas raças.

No casamento mais regular e muito mais raro, o noivo escolhe a esposa, quando ainda é criança: trata dela, dá-lhe roupa, concorre para a alimentação dos pais por quem é considerado filho e recebe tal tratamento.

Aos 10 anos, mal apontam os peitos, ainda não núbil, é a noiva entregue ao futuro marido e com ele enrolada numa esteira, ao redor da qual dançam os convidados, cantando, bebendo aguardente e comendo os presentes, que são a parte mais importante do casamento.

Esse hábito de entregarem meninas a homens é geral: dele tiram os progenitores maior lucro, dimanado da luxúria em seus demandos brutais, pois essas infelizes crianças são procuradas e obtêm quase sempre altos preços. É o efeito de idéias desmoralizadoras e repugnantes.

Os índios, verdadeiros modelos de afeição pelos filhos, que os tratam com amizade extremosa, nenhum mal enxergam nesses estupros, de que as vítimas vêm impreterivelmente a sofrer em seu organismo e desenvolvimento.

As mulheres envelhecem com extrema rapidez: aos 14 anos estão na sua maior expansão corpórea, aos 20 começam a desmerecer, e aos 30 são velhas (*memés*), cuja decrepitude não se faz esperada.

Para sobrestar essa marcha infalível e temida, procurarão elas sempre provocar os vómitos, para o que usam, por conselhos das próprias mães e velhas da aldeia, de ervas[16], e sobretudo choques e apertos no ventre. Assim rara é a índia que tenha três filhos; quase sempre um ou dois, concebidos na idade em que a faceirice não é de uso.

Nos Morros, havia uma quiniquinau que, com dezessete anos, já abortara seis vezes.

No último parto o feto, completamente desenvolvido, havia sido estrangulado pela própria avó, a qual, desde muito, declarara que só o perdoaria, se fosse do sexo masculino.

Também era uma família de padres, em que todos os componentes, pai, mãe, filhos e filhas, cantavam de contínuo, atordoando-nos os ouvidos e perturbando as doces horas do sono. Além disso muito se distinguiam no brutal brinquedo chamado *tadik*.

É esse jogo um exercício a socos, à maneira do *box* inglês[17]. Para ele enfileiram-se rapazes, mulheres e crianças uns defronte dos outros, procurando, com o punho fechado, ofender o rosto do adversário, dando pancadas somente até o queixo. Muitas vezes, furam-se os olhos, quebram o nariz e com o esforço chegam a desarticular o polegar.

Assistimos ao *tadik* entre quiniquinaus e terenas e, ao prazer do jogo, uniam-se sentimentos de grande rivalidade. Entretanto só velhos separavam logo os contendores, quando estes mostravam animosidade excessiva. Os dois partidos haviam tomado os nomes de *luzia* e *saquarema*, repercussão longínqua das lutas políticas do Brasil! *Où la politique s'était-elle nichée?!*

---

16) Principalmente o *timbó* (paullinia pinnata), que tem violentas propriedades tóxicas.
17) Batem-se a punho seco, ainda mais jeitosamente que os albiões (M. Ayres de Casal C.B., p. 234).

Acabou a festança bebendo-se garapa fermentada, que substituía a aguardente.

* * *

Cada aldeia tem um chefe ou capitão, nomeado, ou pelo governo imperial ou pelo respectivo diretor ou pelo consenso de sua gente. O respeito que merecem é pouco extenso: a subordinação aos chefes muito limitada; muitas vezes é um mero título sem distinção nem regalias.

Quanto mais civilizados, tanto menos consideração os índios têm pelos seus capitães. Os guanás não aceitam mais chefe especial. Os quiniquinaus pouco caso fazem do seu velho capitão Flaviano Botelho. Os laianas sujeitam-se mais; enfim os terenas observam tal ou qual diferença, respeitando mais os seus cabeças de tribo.

Quando viajamos na margem direita do rio Aquidauana, observamos as relações que existem entre a civilização e os filhos das matas.

Em nossos pousos, representávamos (guardadas as proporções e salva a modéstia) centro civilizado: a poucos passos, com a nossa camaradagem, pousavam alguns guanás, mais adiante ficavam os quiniquinaus, os quais, de quando em quando, vinham misturar-se com a nossa gente; num raio duplo, do nosso ponto ao dos quiniquinaus, reuniam-se os laianas e, afinal, a boa distância, congregavam-se os terenas.

As relações recíprocas entre esses índios eram de cordialidade algum tanto duvidosa; os terenas são acusados pelos guanás e quiniquinaus de maus e inimigos dos brancos e eles acusam os outros de falsos escravos dos portugueses[18].

---

18) Todo homem branco, pardo ou preto é português; os índios nunca usam da denominação de brasileiros: os paraguaios são ainda para eles castelhanos.

* * *

As raças que habitam o distrito, partiram evidentemente da margem direita do rio Paraguai, do lugar onde hoje existe a nação enima, de que são naturalmente ramificação. As provas parecem-nos claras e irrecusáveis.

Além da tendência manifesta que os terenas têm para fugirem para as bandas do Chaco boliviano a reunirem-se com outros da mesma tribo que vivem com os enimas, na língua existem palavras demonstrando que a presença dos guanás[19] no distrito foi devida a uma grande imigração.

Assim usam freqüentemente do termo *maiána*, que quer dizer semelhante, quando referem[20], a objetos familiares, outros que lhes eram estranhos, por associação natural de idéias.

Chamam pois ao buriti — *maiana hérena*, à semelhança do *carandá*; à anta — *maiana camú*, semelhante ao cavalo, o que pressupõe o conhecimento do carandá e do cavalo, anterior ao do buriti e anta.

Ora, os buritis existem em grande quantidade em todo o distrito, assim como as antas, e, do outro lado do rio Paraguai não se os conhecem, sendo pelo contrário extremamente comuns os carandás e os cavalos.

À conclusão é fácil e vem em socorro do que procuramos sustentar.

A língua guaná, de formação muito irregular, provém evidentemente do guarani; há nelas palavras idênticas, iguais; iuqi, *sal*; morevi, *anta*; — segundo os laianas: buricá (guarani), muricá, (guaná) = *burro*.

---

19) Temos por vezes empregado essa denominação de uma das tribos da nação chané, como que abrangendo todas as outras, porque no distrito de Miranda se conhecem todos os índios chanés por guanás. Entretanto, perguntando eu, certo dia, a um terena se ele era guaná: *Acó chooronó, chane cuané téreno enómone*; guaná não, chané ou terena na verdade (lit.).
20) Comparam. (Nota do Organizador).

A sua derivação do idioma guaicurú é clara; não só alguns vocábulos servem para as duas nações; exemplo *catépaga*, pacu; *achuánaga*, dourado; mas muitos são sensivelmente modificações, assim é o *aîca* (guaicuru) e o acó (guaná), que significam *não*.

Contudo, a índole totalmente diversa das duas nacionalidades, as suas idéias, os seus hábitos fizeram com que essas línguas sofressem alteração profunda, quando faladas.

A maneira do guaicuru expressar-se é arrogante, pausada; as aspirações enérgicas; as palavras, terminando mais particularmente em *a* e *o* fechados, quase sempre esdrúxulas ou graves. Há mais abundância de consoantes e essas com som dobrado e gutural.

O guaná fala rapidamente, com ligeiras aspirações; a sua linguagem é uma espécie de sibilar contínuo: repetem-se os *i* com freqüência e as vogais seguem-se umas às outras, com quase tanta profusão quanto, na língua alemã, as consoantes.

Na frase do espirituoso escritor francês Oscar Commettant: "nas palavras germânicas as vogais se afogam num oceano de consoantes: — Apparent rari nantes in gurgite vasto".

No guaná é o inverso, com mais moderação contudo.

As modificações, que cada uma das tribos introduziu com o tempo, na língua chané, constituíram quatro dialetos, os quais entretanto são facilmente compreendidos pelos índios de toda aquela nação.

A tribo guaná[21] fala arrastando a língua numa toada de choro;

---

21) Essa tribo habitou quase toda junta à serra chamada do Chané, no lado direito do rio Paraguai, acima da de Albuquerque, dando a cordilheirazinha o nome da nação a que pertence? Ou lá esteve toda a nação? Nas minhas notas encontro ainda uma confirmação de que a denominação de chané é valiosíssima. Disse-me um quiniquinau: *Humnãi quechatí cequexivó nhumzó chané*? O senhor quer aprender a minha língua chané? E acrescentou: *Encre nhumzó acó ocohocorí iaquexovói chané.* Pois minha língua não custa aprender o chané (literalmente). Ao ilustrado viajante Henrique de Beaurepaire Rohan não escapou essa particularidade importante.

cantam à maneira de pronunciar em certas localidades de São Paulo, apoiando muito numa sílaba para correrem sobre outras.

Os quiniquinaus têm seus idiotismos especiais: palavras próprias. Os laianas também as têm.

Os terenas, segundo nos pareceu, usam do idioma com mais justeza e perfeição.

Os verbos, nesse dialeto, são mais regularmente formados, apesar do capricho que presidiu em geral à sua conjugação, as analogias mais freqüentes, as frases mais completas.

É por essa razão que os brancos do distrito aprendem de preferência a maneira de falar dos terenas e os compreendem com mais facilidade.

Na língua guaicuru existe uma particularidade interessante; falam os homens por certo modo, as mulheres por outro. Entre os guanás essa diferença existe, porém não se estende a toda a fraseologia.

VOCABULÁRIO DA LÍNGUA GUANÁ OU CHANÉ
(Português - Guaná)

A

Abóbora	Camé
Aborreço	Bôópi[1]
Ácaro (bicho da sarna)	Tchetchá-uahatí (filho da sarna)
Adeus	Biónne
Água	Unné
Agulha	Tôpe
Ai! (exclamação)	Vûi ou acacái
Aipim	Tchupú
Aipim (seco)	Catchó
Aldeia	Ptiuôcó
Alegre	Elloketí[2]
Amanhã	Ãrôti
Amar	Gâchá
Anta	Maiána-camú[3]
Ânus	Cicicó
Aonde vai?	Náiênó?
Aprender	Cequechivó
Aracuã (pássaro)	Uaragá

---

1) O último acento é o tônico: os outros modificam o som das vogais.
2) Os dois *l* soam claramente.
3) Os laianas dizem *morevi*, como em guarani.

Arara	Parauá[4]
Arroz	Nacacú
Árvore	Tagatí
Avental	Juláta

B

Bala	Poití-akêtí
Banana	Bánana
Barba	Inguenóió
Barriga	Djurá
Bebamos	Venóutí
Beber	Venóuó
Bebo	Venóuondi
Beijo (entre os guanás)	Innê
Beijo (entre os terenas)	Inni
Beijo (entre os quiniquinaos)	Soquiri
Bezerro	Tchetchá-uacá
Biuá branco (pássaro)	Veragajín
Biuá preto	Veragaiê
Boca	Bahó
Bocado	Iapi-tchá
Boi	Uó-ói
Bom	Unatí
Bonito	Unatí
Borboleta	Uucá-vacái
Boriti	Maiána heréna
Braço	Daké
Bugio	Coxêagá

---

4) Na língua tupi *paraguá*, papagaio; donde *paragua hi*, rio dos papagaios.

C

Cabaça	Tóróró
Cabeça	Duùti
Caí	Ingôrôcôóné
Caidor	Icórócónó
Caiu	Iricóóné
Caíste	Icôrôôcôóné?
Calça	Bôoró
Camisa	Iembênó
Campo	Mehúm
Canela	Gô-tchó
Cansado	Meomí
Cão	Tamucú
Capoeira	Içomoikéneti
Cara	Nôné
Carandá (palmeira)	Hêrena
Casa	Pêti
Casar	Ongoiêno
Cascavel	Ipôcó
Cateitu	Couécó
Cavalo	Camú
Cachaça	Cumâ-á
Céu	Uanukê
Cerrado	Chopotícoti
Cervo	Uá-iá-jó
Chão	Poké
Choro	Inhondí
Chover	Ennucó
Chumbo	Aketí
Chuva	Ucó
Cobra	Coit-chôé
Coitado	Quixauó
Colher	Tchurupé
Come	Niké
Comer	Ningá

Comida	Nicoconóti
Comida (entre os quiniquinaos)	Nicóningá
Como	Cutiá
Conhecer	Indjá
Conheces?	Ietchoá
Copular	Capiú
Coração	Ommindjón (*j* espanhol)
Corpo	Munhó
Córrego	Notoagá
Corta (imperativo)	Tetucá
Cortar	Tetócoti
Cortaste?	Iatêtucoá
Coxa	Djuró-kunó
Criança	Calliuônó
Cuia	Pocó
Custar	Côicú
Custar (entre os quiniquinaos)	Ocôócorí

D

Dá-me	Pêrétchá
Dar	Boritchá
Dedo do pé	Guiiri-djêvé
Deita	Imécá
De mim	Nuti
Dente	Onué
Deus	Iandeará
Deus	Echãiuánukê
Depois	Poinú
Depois d'amanhã	Poinú-arôti
De tarde	Kiacátche
Deveras	Quâti
Dia	Cátche
Diga	Iocó-iucuá
Digo	Gôe

Dinheiro	Ararapeti
Doente	Carîneti
Dormes?	Imé-coné?
Dormir?	Móngoti
Dou	Poritchá-pi
Dourado (peixe)	Achauánaga
Dois	Piatcho

E

Égua	Senó-camù
Ema	Kipãé
Espada	Annãiti-piritáo[5]
Espelho	Nochiógueti (sc. olhador)
Espingarda	Capuiá-igapêtí
Espirrar	Andiicotí
Esposa	Iêno
Escravo	Hangahá
Está aqui	Anníe
Estás alegre?	Ellokti-iôcouó?
Está alegre	Ellóketi-ôcouó
Estou alegre	Ellóketi-ongòuó
Estás bom?	Iúnati?
Estou bom	Unnandí
Estás cansado?	Meomí?
Estou cansado	Memondi
Estás com fome?	Epê-cati-cimágati?
Estou com fome	Hapê-canú-cimágati
Está no chão	Anègó poké
Estrela	Hêquêrê
Eu	Ondí
Excrementos	Ciquêé

---

5) Castelnau no seu inexatíssimo vocabulário *guaná* exprime essa palavra por *annãiti* que significa *grande*, ignorando a sua qualidade de adjetivo, o qual vai modificar *piritáo*, faca. Não merece confiança a tradução dos outros vocábulos.

F

Faca	Piritáu
Falo contigo	Iundzãi-copí
Farinha	Tutupãi
Farinha (entre os terenas)	Ramucú
Faze	Itticá
Fazer	Ittuketí
Febre	Tchikití
Feio	Cãunati (sc. não bonito)
Filho	Tchétchá
Fogo	Iucú
Foice	Tchápilócoti
Frio	Càssati
Fumo	Tchâhím

G

Galinha	Tâpihí
Galo	Oiênó-tapihí
Garrafa	Limetá
Gato	Maracaiá[6]
Gordo	Kínnati
Gostar	Gàchá-á[7]
Gostas?	Queachá?
Gostas de mim?	Queachá-nuti?
Gosto	Gàchá
Gosto de ti	Gàchá-piti
Gostoso	Uchetí
Grande	Annáiti
Guaná (tribo)	Uamá *ou* Tchòuórô-ônó
Guaicuru	Uaicurú *ou* Mãiápenó

6) Os índios chamavam-me *ungê-maracaiá*, olho de gato. Os guaranis dizem *mbaracaiá*; na língua tupi *maracaiá* ou *maracajá*.

7) Talvez se devesse escrever *ingâchá-á*: em todo o caso não se pronuncia claramente o *in*, fazendo soar o *g*, arrastando-o.

H

História	Chêti
Hoje	Cohoihênné (os *h* aspirados)
Homem	Oiênó

I

Idioma (língua)	Nhumdzó
Irmã (entre os terenas)	Haîlê
Irmão (entre os terenas)	Lêlê
Irmã mais velha	Luké
Irmã do meio	Moguêtchá
Irmã mais moça	Ati *ou* Anndi
Isto	Aará

J

Jaburu (pássaro)	Côjó
Jacutinga (pássaro)	Maiána-uaragá
Já foi embora	Piônne
Jati (mel de abelha)	Tchulí-tichulí
Já veio	Annègò
Jaú (peixe)	Muióti
Joelho	Buiú

L

Lagarto	Iunãi
Laiána (índio)	Láiana[8]
Lambari	Chivôupè

---

8) A palavra é esdrúxula; não sabemos por que se a pronuncia grave.

Lavar	Angicãuotí
Lavemo-nos	Uachicapú
Linguagem	Iundzó
Língua	Nahênê
Lua	Co-tchêê

M

Machado	Pôhóti
Macho	Oiênó-murica
Maduro	Itóuónné
Mãe	Mêmê[9]
Mãe	Hennó
Mais	Poí
Magro	Uporití
Mama	Iênné
Mandari (mel)	Rôoró
Mão	Cáunati
Mão	Uon-húm
Marido	Immá
Matar	Inzucôti
Mato	Uo-hi
Mexer	Ivirikê
Mexe (imperativo)	Ivirikêá
Mel	Mópó
Melancia	Andiá
Menos	Calliánna
Mentira	Ninicó
Menstruo	Ittiná
Meu	Induguê
Milho	Tuupi
Miolo de palmeira	Namuculí
Milho fofo	Sóbôró

---

9) *Mámá* em língua caiuá, muito aproximada ao guarani, senão o próprio.

Muito (advérbio)	Opôicoati
Muito (adjetivo)	Tapuiá
Muito bom	Unati-âtcho
Muito gostoso	Ucheti-âtcho
Mula	Senó-muricá
Mulher	Senó
Mutum	Maiána-uatutú

N

Nadar	Alaongôati
Não	Acó
Não custa	Acó-cõicú
Não custa (entre os quiniquinaos)	Acó-ocô-ocorí
Não quero	Acon-gâchá
Nascer	Ipuchicá
Nariz	Guiirí
Negro	Hahóóti
Ninho	Nôcó
Nós	Uuti
Nosso	Utiguê
Noite	Ilhotí[10]
Nuvem	Capací[11]

O

Olhos	Unguê ou uké
Onça	Séni
Ontem	Tiipó
Orelha	Inguênó

---

10) Os *h* são todos aspirados com energia.
11) *Noné capaci*, cara de nuvem, era a antonomásia de um de nossos soldados, por causa da guedelha desgrenhada.

P

Padre	Côchômònetí
Pai	Tatá
Palmito	Momoôn
Papagaio	Coêrú
Panela	Tchòròné
Parente	Inhénó
Parente	Iningôné
Pássaro	Chohopennó
Passear	Iapacicá
Pato	Pohahí
Pé	Djèvé
Pega isto	Oiá-aará
Peito	Djahá
Peixe	Chojé[12]
Pensar	Iquichá
Perdiz	Itidichú
Perna	Gônú
Pescoço	Annúm
Pênis	Kiú
Penas	Kipahí
Pimenta	Têité
Pinto	Tchétcha-tapihí
Piolho	Aná
Pirapitanga (peixe)	Araraitti-issí[13]
Piriquito	Tchulí-tchulí
Pólvora	Poití
Porco	Gôré
Porco do mato	Kimão
Prato	Uutá
Preguiçoso	Tchuléketi

---

12) Este *j* soa, como em espanhol, guturalmente.
13) Significa *peixe de rabo de sangue* (vermelho).

Pronto	Oçoné
Pulga	Anatamacú[14]

Q

Quando	Namanó
Quati (animal)	Côtéchù
Quebrar	Heocotí
Queixo	Nónhi
Quem sabe?	Emó?
Quente	Cótotí
Quero	Gâchá
Queres?	Queachá?
Queria	Gácha-niní
Quiniquinao	Koinu-kunó[15]

R

Rapaz	Omoheháu
Rede	Toití
Regrada	Ittiná
Remar	Ivirikê
Rio	Uêhó

S

Saber	Indjá
Sabes?	Iétchoa
Sangue	Ití
Sapo	Tôrmóu

---

14) Quer dizer *piolho de cão*.
15) Vê-se claramente que quiniquinao é alteração da palavra índia.

Sarna	Uahatí
Saudades	Inanguôró
Seu	Iutí *ou* iú
Sentar-se	Iavapoquehí
Seriema (ave)	Uatutú
Siga (imperativa)	Tchicá
Sobrancelha	Indjêukê
Sol	Cátche
Soldado	Andâru
Sombra	Epêuôgòpê
Sonhar	Chapuchatí
Sonhas?	Chaputchôné
Sonho	Indja-putchatí
Sovaco	Umbêkêcu
Sucuri	Oiênaga
Surubi (peixe)	Apópaga[16]
Sua	Itiguê

T

Tatu	Copohé
Taquara	Hetágati
Temos	Hape-utí
Temer	Bicuátine
Tens?	Iapê?
Ter	Hapé
Terena	Têrena[17]
Terra	Marihípa
Testa	Inucú
Tolo	Ietôré
Tomar	Mambati. Namacá
Touro	Tôôró

---

16) Os nomes de peixes são, como esse e muitos outros, guaicurus.
17) Esdrúxulo, quando em português é grave.

Trazer	Iamané
Três	Mopoá
Trovão	Unobotí
Tu	Ití

U

Um	Poichácho
Umbigo	Unró
Unha	Djiipó
Urubu	Uarututú

V

Vá	Pehehévo
Vamos comer	Nicotiúti
Vamo-nos embora	Peháoti[18]
Vamo-nos lavar	Uachicapú
Vás buscar?	Viapána?
Veado	Tiipé
Veio (v. vir) entre os quiniquinaos	Simênê
Vem cá	Iocó
Vento	Onauotí
Verde	Aõitapú
Via láctea	Chamôcóé
Vim (entre os quiniquinaos)	Simôné
Vim (para ficar)	Intzioponué
Vim (para voltar)	Indziomonné
Você	Ití
Vou buscar	Veaponotí
Vou-me embora	Bohoponé
Vulva	Iusí

---

18) Os quiniquinaus dizem *pahapáti*.

No incêndio e saque a Nioaque, a 2 de junho de 1867, perdemos um dicionário guaná com perto de dois mil vocábulos. Nos papéis que encontramos esparsos pelo campo e pudemos ajuntar, achavam-se algumas folhas com as palavras, ainda não em ordem alfabética, desse incompleto vocabulário.

ALGUMAS INDICAÇÕES

Os pronomes possessivos isolados são:

    Induguê   Meu
    Itiguê   Teu
    Iuti ou iú Seu
    Utiguê   Nosso

Entretanto são quase sempre contraídos nas palavras, como por exemplo:

possessivos da 1ª pessoa		*possessivos da 2ª pessoa*	
Minha cabeça	Duutí	Tua cabeça	Totihé
Minha testa	Inucú	Tua testa	Inicú
Meu nariz	Guiiri	Teu nariz	Quiirí
Minha boca	Bahó	Tua boca	Pehahó
Meu dente	Onué	Teu dente	Iahoé
Meu queixo	Nónhi	Teu queixo	Neôió
Meus olhos	Ungê	Teus olhos	Iuukê
Minha orelha	Inguênó	Tua orelha	Keinó[1]
Meu corpo	Munhó	Teu corpo	Muió
Meu pescoço	Aném	Teu pescoço	Ianúm
Meu braço	Daké	Teu braço	Tiakí

---

1) Observe-se a irregularidade de formação. São novas palavras.

Meu peito	Djahá	Teu peito	Tchiní
Minha mão	Uonhúm	Tua mão	Veaú
Minha barriga	Djurá	Tua barriga	Iurá
Minha coxa	Djuró-cunó	Tua coxa	Chiró-cunó
Minha canela	Gôtchó	Tua canela	Guetchá
Minha casa	Imbenó	Tua casa	Pinó
Meu pé	Djêvê	Teu pé	Hiné
Meu dedo do pé	Quiri-djêvê	Teu dedo do pé	Kiriuêvê
Meu filho	Indjétchá	Teu filho	Tchi-tchá
Nossa casa	Vuóvogú		

Os possessivos da terceira pessoa são quase sempre formados com os pronomes *iú*.

Os adjetivos numerais vão só até três:

Um	Poichâcho[2]
Dois	Piátcho
Três	Mopoá

Os índios continuam presentemente[3] com as palavras portuguesas, algum tanto adulteradas:

Quatro	Uátro
Cinco	Cinquê
Seis	Siês
Sete	Siéte
Oito	Otcho
Nove	Nóie
Dez	Iéce, etc.

---

2) Essa palavra é de mui difícil pronúncia. Nunca a podemos escrever conforme a ouvimos.
3) Além de três dizem *tápuia* muito, ou *opôicoati*. Para marcarem épocas, serve-lhes a florescência do *para-tudo*. Um índio disse-nos: "Já o para-tudo deu flores duas vezes e os castelhanos ainda estão em Miranda".

Os pronomes pessoais são os seguintes:

> Eu   Ondí
> Tu   Ití
> Nós   Uutí
> Eles   Noê
> De mim Nutí
> De ti   Ni

Com os verbos emprega-se a partícula *pi* em lugar de *ondi*. Esses pronomes vão sempre depois do verbo. A conjugação dos verbos é irregularíssima e difícil senão impossível. São sempre defectivos.

Presente do indicativo do verbo ter (Hapé)

> Eu tenho   Hapê ondí
> Tu tens   Iapê
> Ele tem   Hapê
> Nós temos   Hapê utí
> Eles têm   Hapé noé

Para a formação do imperfeito acrescentam mini.

> Inindjoa, mini ondi   Eu tinha
> Innitchiéoó   Tu tinhas, etc.

Outro exemplo:

> Eu quero   Gàcha pi
> Tu queres   Queachá
> Ele quer   Gachá
> Nós queremos   Gachá uti
> Eles querem   Gachá nôe

Imperfeito

Eu queria   Gachá nini ondi
Tu querias   Queachá nimi

Nunca pude organizar a conjugação de outros tempos[4].

Frases e exemplos

Sonho contigo?
Chaputchononeti (sc. penso na tua cara)
Tenho saudade de ti
Inangoró gopi ni (sc. saudades eu *pi,* de ti *ni*)
Dá-me notícias
Iticá chetí (sc. faze história)
Não sei
Acó índja
Não estás contente?
Acó elloketí?
Que tens? Estás incomodado
Cuti iapê? Calliána unati?
Estou doente dos olhos
Carineti ukê (sc. doente olhos).
Desde muitos dias?
Tápuiá cátchê?
Desde anteontem
Poinú tiipó.
Coitada.
Quixauó.
Adeus
Biónne (Eu vou indo).

---

4) Os imperativos que eles empregam muito, terminam quase todos em *ca,* exemplo: *iticá* faze, *tetucá* corta, *nicá* come, *angicá* lava; dos verbos *tituketi* fazer, *tetocoti* cortar, *ningã* comer, *angicóati* lavar.

Adeus
Pehehévo (Pois vá).
Estás com fome?
Epê cati cimagati?
Sim — Aspiração gutural não exprimível.
Senta-te e come. Toma arroz
Iavapoquê, niké. Viá nacacú cuanê
com carne. Queres farinha?
uacá. Quachá ramucú?
Não, senhor: quero aipim e
Acó, unãi: gachá tchupú iocó
Abóboras
Camé.
Traze facas e farinha
Iamané piritáu, cuané ramucú.
O seu jantar está muito bom.
Unati niké. Cuáti êchotí itucôati nica ienó.
Sua mulher sabe cozinhar.
Auó ningá onu-ongú cutiá ionogú[5].
muito bem: na minha casa
nunca comi assim.
Come mais então.
Niké, igopó.
Não, obrigado. Agora quero
Acó mondóuané. Poiáne unne
água e vou-me embora.
gachá. Behopótine.
Quando hás de vir?
Namó kenaacá.
Outro dia.
Poinu catche.

---

5) Literalmente *unati* bom, *nihe* comida. *Cuati* deveras, *echoti* sabe, *itucoati* fazer, *nica* comida, *ienó* sua mulher.

Quem sabe se amanhã?
Etchuáne coecú arôti [6].
É fato.
Ennómone.

Pois e *porém* vão sempre depois da primeira palavra exemplo: pois toma; *nemucá* toma, *copó pois*; porém come; *nihé* come *copoé* porém.
Quando, *namanó*, vem sempre antes. Quando hás de vir? *Namanó kinoôké*.

---

6) Também se diz *emó*? quem sabe?

SOBRE
IERECÊ A GUANÁ

A SENSIBILIDADE E O BOM SENSO DO VISCONDE DE TAUNAY*

Antonio Candido

Dentre os burocratas, jornalistas e políticos, homens de cidade que pouco sabiam do resto do país, Bernardo Guimarães e Taunay se diferenciam como viajantes do sertão. Este, nem bacharel nem médico, mas militar, enfronhado em problemas práticos, é particularmente um caso raro na literatura do tempo, para a qual trouxe uma rica experiência de guerra e sertão, depurada por sensibilidade e cultura nutridas de música e artes plásticas. Esta combinação de senso prático e refinamento estético fundamenta as suas boas obras e compõe o traçado geral da sua personalidade.

Raras para o tempo foram também condições como as que encontrou no lar franco-brasileiro, na tradição de uma parentela de artistas e escritores, que haviam contribuído para delimitar entre nós certas áreas de sensibilidade pré-romântica, já referidas no primeiro volume do presente livro.

Entre alguns desses homens — tios, primos, amigos — que se apaixonaram à Chateaubriand pela beleza úmida e rutilante da

---

*) Esse texto é um capítulo do livro *Formação da literatura brasileira*, publicado pela Livraria Itatiaia Editora Ltda., Belo Horizonte, que gentilmente permitiu sua reprodução.

floresta carioca, nasceu e se formou Alfredo d'Escragnolle Taunay. Os pais e tios prepararam-no para senti-la com um amor avivado de exotismo, e ele se orgulhava de saber apreciar a paisagem com mais finura e enlevo do que seus patrícios: "Com a educação artística que recebera de meu pai, acostumado desde pequeno a vê-lo extasiar-se diante dos esplendores da natureza brasileira, era eu o único dentre os companheiros, e portanto de toda a força expedicionária, que ia olhando para os encantos dos grandes quadros naturais e lhes dando o devido apreço".[1] Viajava de lápis na mão, registrando as cenas de viagem em desenhos de "ingênuo paisagista", como se qualifica. Desenho de traço elementar, com efeito, mas atento à realidade e transpondo-a com amenizada placidez, diferente do risco nervoso de outro romancista bem dotado para as artes plásticas — Raul Pompéia.

Predominava nele, todavia, a sensibilidade musical. Compôs com facilidade e elegância, escreveu com acertos sobre assuntos de música; e mesmo nas descrições do sertão percebemos que também o ouvido elaborava as impressões da paisagem. No primeiro capítulo de *Inocência* ("O Sertão e o Sertanejo"), a paisagem e a vida daqueles ermos são apresentados a partir de alguns temas fundamentais, *compostos* em seguida num ritmo que se diria musical. Daí o tom de *ouverture* dessa página, aliás admirável na sua inspiração telúrica, uma das melhores da literatura romântica, onde se preformam certos movimentos d'"A Terra" e d'"O Homem", n'*Os Sertões*, de Euclides da Cunha.

Nada impedia, pois, que esse esteta de sangue francês construísse da pátria uma visão exótica e brilhante, sentindo-a à maneira de um Ribeyrolles ou um Ferdinand Denis. As circunstâncias levaram-no, todavia, a conhecê-la mais a fundo; a internar-se no interior bruto, lutar por ela, enfrentar asperamente

---

1) *Memórias do Visconde de Taunay*, pp.175-176

a paisagem no lugar de contemplá-la. A paisagem deixou de ser, para ele, um espetáculo: integrou-se na sua mais vivida experiência de homem. Ao naturismo pré-romântico da Tijuca, do avô, dos tios e do parente de Chateaubriand, vem fundir-se o sertanismo prático da Expedição de Mato Grosso. Ao músico e desenhista, orgulhoso dos dotes físicos e artísticos, o tenente da Comissão de Engenheiros, integrado no corpo do país de um modo desconhecido a qualquer outro romancista do tempo.

Daí resultar um brasileirismo, misto de entusiasmo plástico e consciência dos problemas econômicos e sociais, alguns dos quais abordou com bom senso e eficiência.[2] Daí, também, o fato de suas obras mais significativas estarem ligadas à experiência do sertão e da guerra, que elaborou durante toda a vida, sem poder desprender-se do seu fascínio.

Impressão e lembrança

Duas palavras poderiam sintetizar-lhe a obra: impressão e lembrança, pois o que há nela de melhor é o fruto das impressões de mocidade, e da lembrança em que as conservou. Uso tais palavras intencionalmente, em vez, por exemplo, de memória e emoção, para assinalar o cunho pouco profundo da criação literária de Taunay. A sua recordação não vai àqueles poços de introspecção, donde sai refeita em nível simbólico; nem equivalem as suas impressões ao discernimento agudo, que descobre novas regiões da sensibilidade. São dois traços modestos, que delimitam um gráfico plano e linear.

---

2) Principalmente a questão imigratória, que não apenas debateu teoricamente como legislador, mas em que interveio como presidente de duas províncias, estabelecendo colônias alemãs, italianas e polonesas no Paraná e em Santa Catarina. Sobre as suas idéias gerais no assunto, ver *Questões de Imigração*, Rio de Janeiro, Leuzinger, 1889.

Mesmo assim, é preciso apontá-las como singularidade a mais do romancista: é única entre nós, naquele tempo, a insistência com que passou a vida (sem desprender-se dela, dos seus trabalhos e ambições) elaborando sem cessar a própria experiência. A sua obra é um longo diário, numa literatura parca de documentação pessoal; ainda hoje os seus herdeiros publicam periodicamente um trecho a mais de suas opiniões e reminiscências, centralizadas agora pelas *Memórias*. Não seria fortuita a simpatia que mostra por Stendhal, a quem se equiparou certa vez a conversar com o possível leitor do futuro.[3] Também ele se ocupava longamente, incansavelmente, do próprio *eu*: só que em vez da penetrante visão do francês, mostrava-se todo em superfície, com uma vaidade satisfeita e quase ingênua: "Ao passar diante das senhoras ouvi uma que disse bem alto: 'É o mais bonito de todos!' e tal elogio ainda mais me intumesceu o peito". "Nesse tempo tinha eu muita vaidade do meu físico, dos meus cabelos encaracolados, do meu porte, muita satisfação, enfim, do meu todo e para tanto concorriam, muito, os elogios que recebia à queima-roupa". "Os traços da fisionomia, um tanto afeminados haviam-se, com os trabalhos e as fadigas de Mato Grosso virilizado de maneira que o meu todo, o meu tipo chamava a atenção, donde assomos de vaidade positivamente mulheril, quando ouvia elogios à queima-roupa.

— Que guapo oficial! Que rapagão!"[4]

Ao lado dessa ufania pueril, tinha formas bem mais elevadas de orgulho, que contribuem para firmar-lhe os traços da personalidade: haja vista o alto conceito das próprias obras e a serena confiança com que se dirigia à posteridade.

Este culto sempre vivo de si mesmo foi de boas conseqüências para a nossa literatura, uma vez que não enveredou para as pirraças

---

3) *Memórias*, cit., p. 261.
4) Ob. cit., pp. 72, 160 e 417.

estéreis ou a megalomania que o acompanharam ordinariamente no Brasil; e, sendo saudável, foi bastante forte para dobrá-lo artisticamente sobre a própria vida, tida como digna de ser literariamente elaborada. O esteta e o sertanista se completam, pois, pelo *egotista*, enxergando no *eu* o critério seletivo da experiência, que Franklin Távora enxergava na consciência regional.

Taunay sentia muito bem quais eram as suas obras duradouras. "Talvez (...) possa parecer imodéstia de minha parte; mas não sei, nutro a ambição que hão de chegar à posteridade duas obras minhas, *A Retirada da Laguna* e *Inocência* (...)

A este respeito, tomei um dia a liberdade de dizer ao Imperador (...) mostrando-lhe aqueles dois livros (...): 'Eis as duas asas que me levarão à imortalidade'."[5]

Inocência lhe parecia algo definitivo, pelo cunho de realidade e por concretizar uma aspiração literária fundamental do Romantismo: o nacionalismo estético. "No meu pensar bem leal, talvez ingênuo, por isso mesmo e de bastante imodéstia, este romance é a base da verdadeira *literatura* brasileira.

O estilo suficientemente cuidado e de boa feição vernácula preenche bem o fim revestindo do prestígio da frase descrições perfeitamente verdadeiras em que procurei reproduzir, com exatidão, impressões recolhidas em pleno sertão.

É um livro honesto e sincero, e estou que as gerações futuras não hão de tê-lo em conta somenos".[6]

Comparando-se com Alencar, não o desmerece, mas pondera que ele "não conhecia absolutamente a natureza brasileira que tanto queria reproduzir nem dela estava imbuído. Não lhe sentia

---

5 Ob. cit., p. 124. Ver no mesmo livro as páginas 223, 229, 233, e 328, verdadeira *suite* de apreço a *Inocência*. No entanto, José Veríssimo escreveu: "Taunay, como todos os autores de uma obra copiosa desigualmente apreciada tinha um íntimo despeito e sentimento da preferência dada àqueles seus dois livros". (*Estudos de Literatura Brasileira*, v. II, p. 268).
6) Ob. cit., p. 233.

a possança e verdade. Descrevia-a do fundo do seu gabinete, lembrando-se muito mais do que lera do que daquilo que vira com os próprios olhos."[7]

Os modelos conscientes

Para esse desenhista, descendente de pintores, o valor da obra dependia da autenticidade dos modelos. Ao contrário do grande mestre, ele vira o ambiente, quase os personagens de *Inocência*, para onde transpôs, diretamente e sem retoque, tipos observados em Santana do Paranaíba e descritos nas *Visões do Sertão*: o Major, o Vigário, o Coletor, que ao participarem do diálogo (capítulo XXIV) passam do quotidiano para a ficção. Inversamente, nas narrativas o romance é citado como documento: "No dia sete de julho entrávamos na Vila de Santana do Paranaíba, miserável e sezonática localidade de que dei descrição na *Viagem de Regresso* e em *Inocência* não esquecendo em ambos esses livros, de me referir ao nosso bom e loquaz hospedeiro o Major Taques, *tutu* daquelas redondezas, morador da casa única de sobrado e grade de ferro da povoação". Portanto, não apenas os quadros naturais e os costumes, mas várias das pessoas que viu, foram reproduzidas com uma fidelidade que dá valor documentário à sua ficção.

Num segundo plano, contudo, vamos encontrar maior elaboração artística dos dados, fundidos pela imaginação para afeiçoá-los ao tratamento romanesco. Sabemos que o anão Tico foi inspirado fisicamente pelo anão barqueiro do rio Sucuriú. Para o pai de Inocência, Pereira, utilizou entre outros elementos a carrancice de um mineiro velho, que o ia matando por zelo doméstico; para a própria heroína, a jovem leprosa de extraordinária beleza, Jacinta, em cuja

---

7) Ob. cit., p. 229.

casa almoçou. Quanto ao herói: "Um pouco adiante (...) encontrei um curandeiro que se intitulava doutor ou cirurgião, à vontade, e me serviu para a figura do apaixonado Cirino de Campos, atenuando os modos insolentes, antipáticos, daquele modelo".[8]
Devemos, porém, não tomá-lo ao pé da letra quando insiste na veracidade copiada dos tipos, mas ressaltar desde logo a parte do trabalho fabulador. O velho leproso Garcia, avô da mocinha, torna-se no livro, diz ele, o pobre doente do mesmo nome, que entrevemos no momento, escorraçado e infeliz, no capítulo XVII: simples mudança de situação, portanto. Manuel Coelho, fazendeiro com mania de doença, torna-se um tipo acidental, o "empalamado" do capítulo XVI, mas alguns dos seus traços, diz o autor, foram incorporados a Pereira:— ou seja duplo aproveitamento do mesmo modelo.

Por conseguinte, há tipos copiados fielmente, outros elaborados a partir da sugestão inicial, outros compostos com elementos tomados a mais de um modelo. E isso denota maior complicação do que supunha o próprio Taunay, ao proclamar a sua fidelidade ao real, porque, em qualquer arte, desde que apareça uma certa tensão criadora, mais importantes que as sugestões da vida (acessíveis a todos) tornam-se a invenção e a deformação, devidas não só às capacidades intelectuais de composição, como às possibilidades afetivas, à memória profunda, ao dinamismo recôndito do inconsciente.

Em *Inocência*, vemos de fato que os *tipos* acessórios são às vezes "fotografados da realidade" (como diria Sílvio Romero); mas quando são importantes ou essenciais à narrativa (isto é, quando são *personagens*), vão se deformando cada vez mais pela necessidade criadora. Se, por exemplo, ainda há muito de

---

8) As indicações de Taunay sobre os modelos de *Inocência* encontram-se em *Visões do Sertão*, caps. VII e VIII. A citação referente ao Major Taques se encontra à p. 75; a Cirino, à p. 72. Tudo se acha agora, com pouca diferença, nas *Memórias*, caps. LXI e LXII.

Manuel Coelho no Coelho "empalamado", a que serviu de modelo e apenas passa no livro, a título de pitoresco, muito pouco haverá, dele e " de outros de mais acentuado zelo", na personalidade do velho Pereira, composta com fragmentos de experiências do autor, mas dotada de autonomia suficiente para superar as sugestões iniciais e inscrever-se no plano da criação literária propriamente dita. Doutra forma, e num outro exemplo, como poderia o curandeiro mentiroso e antipático transformar-se no terno e elegante Cirino, que aceita a morte de amor com tão romântico fatalismo? Nem a beleza física da jovem doente bastaria para criar o encanto indefinível de Inocência, ou a força profunda com que morre de paixão. É que se a contextura geral do livro e dos personagens é devida à descoberta plástica e humana do sertão (cujo significado já foi dito), a sua boa qualidade literária deve-se a um terceiro nível da consciência artística de Taunay. Além da reprodução e da estilização de que tanto se gabava, e que na verdade são essenciais à economia do livro, havia nele as forças criadoras profundas, indispensáveis à ficção literária. No seu caso, elas se manifestam pelo discernimento com que ajuntou os dados da impressão e da memória, para reviver num caso particular, inventado, o antigo drama da paixão contrariada, em toda a sua cega e, no caso, singela fatalidade. Se as sombras de Paulo e Virgínia perpassam aqui, como em boa parte dos nossos idílios românticos, também pressentimos o eterno filtro do amor e da morte, que faz Tristão dizer a Isolda:

Belle amie, ainsi va de nous:
Ni vous sans moi, ni moi sans vous.

A força do inconsciente

Ora, esta vigorosa, não obstante amaneirada consciência dramática, não ocorre nos outros romances de Taunay; assim também, a que vemos na *Retirada da Laguna* não se encontra nas demais narrativas de guerra e de viagem. É que há no fundo de ambas certas *vivências* cuja expressão mais forte se fundiu neles. N'*A Retirada da Laguna*, o longo padecimento da tropa — compartilhado a cada instante, transfigurados pelos problemas de honra militar e sentimento nacional — permitiram-lhe transpor a jornada a uma categoria dramática. Se em *Inocência* a experiência artística do sertão serviu-lhe de veículo para exprimir uma versão rústica da fatalidade amorosa, foi porque ele vivera em Mato Grosso uma aventura apenas recentemente revelada nas *Memórias*, em páginas admiráveis pela sinceridade da emoção.

São os amores, durante a estada nesses "Morros" quase fantásticos, com a indiazinha chané, cuja posse comprou ao pai por um "saco de feijão, outro de milho, dois alqueires de arroz, uma vaca para o corte e um boi de montaria — o que tudo importava naquelas alturas e pelo preço corrente, nuns cento e vinte mil-réis". O consentimento da própria indiazinha, Antônia, foi comprado por um "colar de contas de ouro, que, em Uberaba, me havia custado quarenta ou cinqüenta mil-réis". O fato, porém, foi que "a bela Antônia apegou-se logo a mim e ainda mais eu a ela me apeguei. Em tudo lhe achava graça, especialmente no modo ingênuo de dizer as coisas e na elegância inata dos gestos e movimentos. Embelezei-me de todo por esta amável rapariga e sem resistência, me entreguei ao sentimento forte, demasiado forte, que em mim nasceu. Passei, pois, ao seu lado dias descuidosos e bem felizes, desejando de coração que muito tempo decorresse antes que me visse constrangido a voltar às agitações do mundo, de que me achava tão separado e alheio.

Pensando por vezes e sempre com sinceras saudades daquela época, quer parecer-me que essa ingênua índia foi das mulheres a quem mais amei".[9]

Tal foi, na verdade, a emoção, que ela gerou em Taunay, diretamente, um belo conto, o melhor de quantos escreveu — "Ierecê a Guaná", publicado em 1874 nas *Histórias Brasileiras*, com o pseudônimo de Sílvio Dinarte; e, indiretamente, o que há de mais profundo em *Inocência*: o perfume indefinível da donzela sertaneja e a tristeza dos seus amores frustrados.

O conto relata, com um mínimo de fantasia, a paixão silvestre que termina pela morte da índia abandonada pelo amante. Em todo ele perpassa uma ternura e encantamento que o tornam dos bons trechos da nossa prosa romântica. Nem lhe falta a situação descrita por Chateaubriand em *René* e nos *Natchez*, retomada com o mais alto impulso lírico por Alencar, em *Iracema*, e que simboliza um aspecto importante da literatura americana: o contato espiritual e afetivo do europeu com o primitivo.

Num plano mais fundo de análise veríamos, pois, que o *efeito* literário de *Inocência* deve-se à força germinal desse idílio, que tanto marcou o autor. A bela neta do sitiante leproso, destinada a casar com o primo, porventura sem amor, serviu para fixar as recordações da índia Antônia: a candura e a beleza desta comunicaram à personagem central do livro aquele encanto no amor e no padecimento que lhe abriram a posteridade, cumulando os sonhos literários de Taunay. O entrecho e o quadro sertanejo serviram para delimitar e enformar a sua experiência pessoal, que, ao projetar-se desta maneira na forma artística, pôde satisfazer anseios menos conscientes de expressão afetiva. Aí talvez esteja o segredo deste romance que supera de tão alto as produções e transposições da realidade, entre as quais ele o incluía

---

9) *Memórias*, cit., pp. 284 e 292.

com orgulho. Na verdade, os dois processos literários que empregou conscientemente — a reprodução e a elaboração premeditada do real — teriam sido suficientes para acender a imaginação e compor em *Inocência*, o que é um *enredo*, até certo ponto banal. Mas não bastariam para realizar o que realizou, graças à intervenção do inconsciente.

Evolução de um romancista

A experiência da guerra, do sertão, e do amor no sertão, condicionaram estes traços, que se tornaram os mais vivos e importantes, para nós, numa personalidade em que, no entanto, havia outros. Entre eles, os pendores de mundanismo, que se tornaram secundários mas nunca desapareceram, e que correm por grande parte da sua obra de ficção, dando-lhe um ar curiosamente ajanotado. Não esqueçamos que o autor de *Inocência*, das narrativas de guerra e viagem, d'*A Retirada da Laguna*, é também autor d'*Um Manuscrito de Mulher*, *Ouro sobre Azul*, *No Declínio*, isto é, um continuador de Macedo (a quem dedica o livro de estréia) e do Alencar mais ameno de certos romances de costumes. Entre eles e ele há uma nítida linha de contacto, que sob certos aspectos é também de evolução. Evolução não tanto na qualidade, de modo absoluto, mas em certos recursos, como a sobriedade, e, sobretudo, evolução da sociedade descrita — desde a burguesia mal talhada d'*A Moreninha* até a gente mais polida e mesmo sofisticada dos seus romances de cidade. Trinta anos de desenvolvimento da Corte não passariam sem deixar marca, paralelamente à fadiga da ficção romântica brasileira, que ia acabando numa idealização meio banal, à Octave Feuillet, mestre de muitas páginas de Alencar e do nosso Visconde.

De 1871 a 1875, (isto é, dos vinte e sete aos trinta e um), ele publicou quatro dos seus seis romances. Por vinte anos não voltou ao gênero, absorvido pela política, em que desempenhou bom papel, e que abandonou com a Proclamação da República. Pôs-se então a refazer o passado em escritos de reminiscência, que contribuem para esclarecer não somente a sua obra, mas alguns aspectos e pessoas do seu tempo. E publicou os dois romances finais.

O mundanismo de Taunay se traduz por um certo desprezo latente em relação à "boa sociedade", para ele não suficientemente polida, e pela idealização compensatória de tipos requintados, geralmente cosmopolitas, iniciados nos costumes europeus, conhecedores da etiqueta, de vinhos e citações literárias. Traduz-se, ainda, na frívola complacência do tom aristocrático, que no entanto parece provinciano, pela banalidade dos adjetivos, a ingênua afetação de conhecimentos, o teor rasteiro de um humorismo que tenciona ser fino.

Ao lado disso, é preciso registrar, em quase todos os seus romances, toques mais construtivos, como o pendor pelos problemas sociais, embora nem sempre os apresente com a elaboração conveniente, fazendo-os parecer inclusões meio indigestas. Na *Mocidade de Trajano* (1871) aborda de maneira difusa os problemas da escravidão, da consciência política, da imigração, da naturalização, que ocupariam mais tarde boa parte da sua atividade pública. N'*O Encilhamento* (1894), procura analisar o jogo da especulação e do carreirismo econômico; em *No Declínio* (1899), intercala com discreta habilidade a situação miserável das classes pobres.

O seu primeiro romance, o mais longo e ambicioso de todos, é uma espécie de *Bildungsroman*, bastante mal composto, sobrecarregado, onde os elementos melodramáticos e os cordéis de folhetim cruzam com dissertações políticas, econômicas e literárias. Nele ocorrem muitos dos temas da sua predileção, inclusive a presença da Europa, cujo conhecimento timbra ingenuamente em manifestar (e que aparece até no epílogo de *Inocência*, levando-nos do sertão de Mato Grosso para a Alemanha). O panorama da vida fazendeira, que nele esboça, se refinará, misturado ao da vida urbana, em *Ouro sobre Azul* (1875), onde encontrou a fórmula mais equilibrada do seu mundanismo. *Lágrimas do Coração*, que na segunda edição se tornou *Manuscrito de uma Mulher* (1873), e n'*O Declínio* (1899), têm ambição de estudo psicológico e são os seus dois "perfis de mulher". O primeiro (talvez influenciado de fato por José de Alencar) é pior que mau, e o autor não consegue tornar convincente o seu "mostrengo moral", decepcionante e frouxo. O segundo escapou de ser bom, seja pela coerência apreciável da composição, seja pela originalidade da situação inventada: uma quarentona, que parece jovem, e se conserva ao se preservar das emoções, cai bruscamente na verdade física e moral dos anos, quando é tocada pela paixão de um moço. Neste livro, a influencia possível de Paul Bourget vem dar um toque mais moderno aos conflitos românticos da obra anterior.

Os seus artigos de crítica, publicados no intervalo das duas fases de criação novelística, revelam bastante interesse pelo romance naturalista. Apesar de rejeitá-lo com certa indignação, reconhece nele, meio constrangido, as qualidades de análise da vida real, que o atraíam de certo modo desde a juventude. Daí censurar o "convencionalismo" dos românticos e declarar-se a favor do respeito à realidade, embora proscreva a descrição da vida sexual (em *No Declínio*, acabará por dar alguns toques quase metafóricos neste sentido). Por isso, louva o realismo comedido dos ingleses, de Fielding a George Eliot; e nas *Memórias,* ao analisar as próprias obras, deixa de lado todos os seus romances, salvo *Inocência*, que lhe parecia o mais *real*. Nos seus dois últimos romances há algo de *estudo*, ou seja, da concepção realista, e sobretudo naturalista, que trata como *caso* o aspecto descrito da realidade. Caso social n'*O Encilhamento*; caso psicológico em *No Declínio;* ambos mais secos do que as produções da mocidade, tendendo a um pouco do "realismo mitigado", que enxergava em Daudet.

Entretanto, foi sempre tão vivo nele o senso da realidade e o gosto pela observação, que não se deve ver nas duas etapas da sua produção novelística uma contradição ou ruptura. É o mesmo Taunay de *Ouro sobre Azul*, menos idealizador e mais linear. Não há motivos, portanto, para classificá-lo fora do Romantismo. A sua obra continua o relativo sincretismo deste, tanto no rumo urbano quanto no regional. O que se pode talvez dizer é que os romances do fim representam um final mais ponderado, beneficiado da experiência anterior de Alencar e do conhecimento do romance europeu post-romântico. Mas a maneira de apreender a realidade e interpretar os atos e sentimentos — esta permanece no universo de Romantismo.

AS VOZES DO VISCONDE DE TAUNAY

Sérgio Medeiros
Universidade Federal de Santa Catarina

Nas páginas iniciais de "Ierecê a guaná", a voz do narrador lembra a voz do engenheiro militar que escreveu a crônica histórica *A Retirada da Laguna* num estilo direto e econômico. Mas há um mistério por trás dessa voz objetiva, que é a voz do jovem Taunay. Gostaria de discutir isso a seguir.

Sabe-se que o conto "Ierecê a guaná" nasceu após a estada do tenente Taunay nos sertões do Centro-Oeste, quando, como secretário da comissão de engenheiros, ele acompanhou uma miserável coluna que tentou invadir o Paraguai a partir do rio Apa, durante a guerra da Tríplice Aliança (1864-1870). Essa façanha é justamente o tema de *A Retirada da Laguna*[1], que Alfredo d'Escragnolle Taunay escreveu em 1868, aos 25 anos de idade, diretamente em francês. Por que o fez nessa língua, e por que se serviu de um estilo neutro, o qual também aparece, como disse acima, em "Ierecê a guaná", ou melhor, nas páginas iniciais desse conto?

A crônica teria sido escrita originalmente em francês porque

---

1) Recentemente, traduzi essa obra para o português: cf. *A Retirada da Laguna*. São Paulo, Companhia das Letras, 1997.

o autor, incentivado pelo pai, pensara em publicá-la inicialmente só na França, onde não deixaria de chamar a atenção, pela singularidade dos fatos narrados. Contudo, essa é uma questão ainda não esclarecida. Segundo uma curiosa observação de Afonso Taunay, filho do escritor, na época em que Taunay publicou seus primeiros textos, pouco se lia no Brasil, e ainda menos o que era publicado em português. Daí por quê, poderíamos imaginar, o autor considerou oportuno redigir *A Retirada da Laguna* em francês. Mas são especulações.

Vejamos agora algumas informações biográficas, necessárias para contextualizar a voz do jovem escritor. Quando os soldados brasileiros já se encontravam na fronteira com o Paraguai, Taunay passou algum tempo (de março a julho de 1866) num lugar chamado Morros, que ele descreve, nas suas *Memórias*[2], como um "planalto umbroso da serra de Maracaju", onde travou contato com "populações selvagens, mas de trato simpático e meigo", cuja língua e cultura atraíram sua atenção. Aqueles bons selvagens eram sobretudo índios chanés, segundo o nosso etnógrafo amador, mas havia outros, das tribos guaicuru e cadiuéu. Durante a guerra, nenhuma tribo se aliou com o invasor paraguaio:

> "Quando ecoou o primeiro tiro do invasor naquela vasta zona, cada tribo manifestou tendências particulares. Nenhuma delas, porém, congraçou com o inimigo. O castelhano era por todas considerado, de séculos passados, credor de ódio figadal e irreconciliável. Umas, portanto, identificaram-se com as desgraças dos portugueses; outras, deles se separaram, outras, enfim, começaram a hostilizar a gente de um e outro lado" (*Memórias*).

Os guanás certamente não hostilizaram os soldados brasileiros, e acabaram se unindo às famílias sertanejas que buscaram

---

2) No momento, estou preparando, junto com Anderson da Costa, a reedição dessa obra.

refúgio na serra de Maracaju, mais exatamente nos Morros. Foi ali que o moço Taunay conheceu a bela índia Antônia, nos braços de quem passou bons momentos, momentos esses que ele recriaria no seu conto indígena e relembraria, anos depois, nas suas *Memórias*. Esclarece Taunay, nessa última obra, que Antônia era "uma bela rapariga da tribo *chooronó* (guaná propriamente dita) e da nação *chané*". E ele a descreve assim:

> "Muito bem feita, com pés e mãos singularmente pequenos e mimosos, cintura naturalmente acentuada e fina, moça de quinze para dezesseis anos de idade, tinha rosto oval, cútis fina, tez mais morena desmaiada do que acaboclada, corada até levemente nas faces, olhos grandes, rasgados, negros, cintilantes, boca bonita ornada de dentes cortados em ponta, à maneira dos felinos, cabelos negros, bastos, muito compridos, mas um tanto ásperos".

A encantadora índia seduziu imediatamente o militar, que decidiu então "raptá-la", impedindo-a de ir se encontrar com um certo tenente Lili, de quem era a amante. O dito rapto, contudo, se limitou a uma conversa com o pai da moça, que, para consentir em entregar Antônia ao engenheiro Taunay, exigiu, entre outras coisas, um saco de feijão, outro de milho, dois alqueires de arroz, uma vaca para o corte e um boi de montaria... Mas o pacto só foi selado quando a própria Antônia, consultada sobre o assunto, finalmente se dispôs a abandonar o seu Lili, ao receber de Taunay um "colar de contas de ouro", argumento irresistível que precipitou o "sim" da moça. A partir daí, o romance evoluiu muito bem, segundo as *Memórias*:

> "A bela Antônia apegou-se logo a mim e ainda mais eu a ela me apeguei. Em tudo lhe achava graça, especialmente no modo ingênuo de dizer as coisas e na elegância inata dos gestos e movimentos. Embelezei-me de todo por esta amá-

vel rapariga e sem resistência me entreguei exclusivamente ao sentimento forte, demasiadamente forte, que em mim nasceu. Passei, pois, ao seu lado momentos descuidosos e bem felizes desejando de coração que muito tempo decorresse antes que me visse constrangido a voltar às agitações do mundo, de que me achava tão separado e alheio".

Essa confissão, aparentemente sincera, foi feita pelo escritor em seus anos maduros, por volta de1890, quando, aos 47 anos de idade, já doente (era diabético) e retirado da vida militar e política (dera esta por encerrada após a proclamação da República, preferindo expressar fidelidade ao velho regime monarquista), pôs-se a repensar o passado e a redigir as *Memórias*, cujos originais depositaria depois na Arca do Sigilo do Instituto Histórico e Geográfico Brasileiro, com a declaração de que só poderiam ser publicadas 100 anos após seu nascimento, ou 50 anos após 1893, data essa em que entregou os manuscritos ao referido instituto.

Embora, já no final da vida, tivesse perdido sua condição de homem abastado (convém lembrar que fora presidente das províncias do Paraná e Santa Catarina, e, depois, ainda se elegera senador do Império), Taunay se expressa, nas páginas depositadas na Arca do Sigilo, numa voz surpreendentemente jovial e humorada, distinta, portanto, daquela do jovem que redigiu a crônica sobre a guerra do Paraguai e o conto sobre a jovem indígena. Realmente, as páginas das *Memórias* estão repletas de episódios hilários e saborosos, escritos num estilo espontâneo e digressivo, como se Taunay, ao fazer um balanço da sua vida, percebesse (e quisesse demonstrar isso aos leitores republicanos) que, durante o Império, a sua vida valera a pena.

O retrato de Antônia, nessa obra, em parte por causa desse contraste de vozes que apontei acima, implicando visões de mundo distintas, não coincidiria necessariamente com o retrato de Ierecê, feito muitos anos antes, quando, de volta à Corte após o final da guerra do Paraguai, Taunay publicou, em 1874, aos 31 anos e usando o pseudônimo de Sílvio Dinarte, o livro *Histórias Brasileiras*, que incluía "Ierecê a guaná". Não podemos afirmar, parece-me, que a Antônia dos anos maduros e a Ierecê dos anos de formação sejam a mesma personagem, embora saibamos que, por trás de Ierecê, existiu de fato uma índia real, chamada Antônia. Mas, talvez, o mais correto fosse considerar, aqui, que o Taunay maduro e saudoso que relembra Antônia não se parece em nada com o herói do seu conto da juventude, o dândi blasé Alberto Monteiro, que seduziu e depois abandonou Ierecê. Vejamos isso.

Quando este último, sofrendo de sezões, percebe Ierecê pela primeira vez, não vê uma índia (termo empregado depois pelo narrador), mas uma moça de 15 anos, ou melhor, uma mulher bela e elegante, cujo "rosto de formosura singular houvera em qualquer parte do mundo prendido as vistas". Isso lemos no primeiro capítulo; a partir do segundo, Ierecê passa a ser chamada de índia e não é mais uma mulher como as outras. Ou seja, é uma "selvagem", o que, para o jovem Taunay (o leitor pode consultar as suas anotações etnográficas sobre os índios de Miranda, incluídas neste volume), e também para Alberto Monteiro, que abandonará Ierecê, significa reconhecer que existe uma barreira intransponível entre o civilizado, esse recém-chegado da Corte, e o habitante da mata, o indígena. Para o Taunay maduro, essa barreira, embora ainda exista, é mais maleável e não impediu que a paixão do militar pela índia desabrochasse livremente, como vimos.

Convém, agora, completar o retrato de Ierecê, a partir da declaração de que seu rosto era de uma "formosura singular", mencionada no parágrafo precedente:

> "Se a fronte era estreita, os olhos um tanto oblíquos e as sobrancelhas pouco arqueadas, em compensação os cílios

compridos e bastos faziam realçar o brilho dos negros íris; o nariz tinha um retidão caucásica; os lábios pareciam tintos de carmim e a cabeleira negrejante, bem que áspera, espargia-se por um colo e seios admiráveis de contorno e de pureza".

Retratada muitos anos depois pelo memorialista, Antônia possuía, conforme vimos, um rosto oval, pele morena e fina, olhos grandes, negros, cintilantes, boca com dentes cortados em ponta... Mas o maduro Taunay não menciona cílios bastos, nem fronte estreita, ao falar de Antônia. Esses dois detalhes aparecem, curiosamente, no retrato de um dos colegas de Taunay da escola militar: refiro-me a Vicente Polidoro Ferreira, um estudante do curso militar da Praia Vermelha, Rio de Janeiro, que logo depois morreria na Guerra do Paraguai. Quando soube da sua morte, o engenheiro Taunay, então em marcha para o sul da província de Mato Grosso, teve "imensa conturbação". Sobre isso, ele escreve nas *Memórias*:

> "Alta noite, na minha barraca de campanha, rememorei os mil incidentes da nossa vida de companheiros de estudos e chorei com amargura largas horas... Pobre mancebo, tão rijamente preparado para a luta pela vida!... Quantas paixões ardentes se apagaram ou deixaram de nascer com o cerrar eterno daqueles belos olhos? Quantas?!"

O retrato propriamente dito desse personagem, o belo e simpático Polidoro, é o seguinte:

> "Ah! Mas este precisa de menção especial.
> "Filho da cidade de Curitiba, capital da província do Paraná, de pronto atraía as vistas pela beleza, regularidade e simpática expressão da fisionomia. Os olhos, principalmente, franjados de espessos e recurvados cílios eram magníficos de meiguice extraordinária, a testa um tanto estreita, o nariz muito bem feito, embora pequeno demais, a cútis

delicadíssima, o corpo em extremo elegante, mas ao mesmo tempo vigoroso na musculatura."

Percebe-se, lendo as *Memórias*, que Polidoro era, para Taunay, um ideal masculino: belo e musculoso, sabia dançar, tocar piano e possuía inteligência notável. Talvez, o próprio retrato do dândi da Corte. Alguém assim, acreditava Taunay, só poderia estar destinado a triunfar na vida.

Parece-me que, no retrato de Ierecê, feito pelo jovem Taunay poucos anos após a morte desse amigo da escola militar, surgem resquícios da imagem de Polidoro (bastaria citar, a esse respeito, os cílios espessos e recurvados e a testa um tanto estreita...), cujo retrato ele só reconstituiria na íntegra muito tempo depois, nas *Memórias*. É claro que, nuançando a análise, poderíamos também concluir que, no retrato de Polidoro, elaborado no final da vida do escritor, reaparecem Ierecê e o modelo original de Ierecê, a índia Antônia, que, segundo o próprio escritor, foi uma das mulheres a quem mais amou.

Ora, é um traço típico da literatura de Taunay a reelaboração da experiência e da memória. Como Antonio Candido mostrou na *Formação da Literatura Brasileira*, a bela Antônia, por exemplo, reaparece na personagem Inocência, do romance homônimo, pois o escritor parece criar tipos "compostos com elementos tomados a mais de um modelo", segundo a conclusão do crítico. Não poderíamos, então, supor que Ierecê, tal como retratada pelo jovem Taunay, é um tipo criado a partir de dois modelos, que só seriam revelados na íntegra nas *Memórias*, muitos anos depois: a bela Antônia e o belo Polidoro? Mas será que poderíamos, a partir daí, concluir que Ierecê é fatalmente um ser ideal, algo pronto para ser admirado e amado, por conjugar em si mesma duas formas prezadas pelo jovem escritor? No entanto, não é o que sucede no conto, onde, como veremos, Ierecê á apresentada ao leitor como um ser ainda imperfeito, que precisa ser remodelado, enfeitado, para adequar-se às aspirações eróticas do recém-chegado. É ilustrativa, a esse propósito, a cena em que o herói do conto começa, por assim dizer, a "remodelar" a jovenzinha, aproximando-a de certo ideal de mulher e diminuindo, tanto quanto possível, as diferenças entre ambos:

> "Com a chegada de uma peça de chita francesa, Ierecê deixou o trajo nacional e primitivo e cobriu o esbelto corpo de um vestidinho que Alberto se deu ao trabalho de cortar e preparar, dirigindo o trabalho da costureira, tão desajeitada em seus movimentos, quão impaciente por terminar e poder envergar aquela roupagem nova."

Esse ato de cortar e preparar o vestido de Ierecê não constrange o herói, muito pelo contrário, e tampouco se trata de uma cena isolada dentro da obra do escritor, ou apenas motivada pela "virtuosidade" de um homem branco que se achasse de repente diante de uma índia seminua, a qual num gesto de caridade cristã, devesse ser prontamente vestida. Essa familiaridade masculina com a tesoura e a agulha é provavelmente uma conseqüência do "dandismo" muito característico do meio em que Taunay se criou e viveu. Caberia lembrar aqui um episódio hilário da Guerra do Paraguai, descrito nas *Memórias*, episódio que retardou muitíssimo o avanço dos soldados brasileiros pelo interior do país. Sob o comando do coronel Pedro Drago, escolhido pessoalmente pelo imperador, a coluna que deveria marchar até o Paraguai ficou durante dois meses imobilizada em Campinas, aproveitando os oficiais, que supunham próximo o final da guerra, o tempo ocioso para freqüentar festas e piqueniques, ao lado de moças da alta sociedade paulista. O coronel, incapaz de tomar qualquer decisão, ocupava-se em cortar "vestidos para as senhoras se apresentarem em bailes". Ou seja, tanto o dândi quanto o militar, na obra de Taunay, podem revelar familiaridade com a arte da modista, comprazendo-se nisso. O herói Alberto Monteiro não se comportou certamente como um monge, quando vestiu a índia, mas talvez como um autêntico dândi, entregue às frivolidades dessa vida chamada civilizada.

Alguns dados biográficos de Taunay poderiam ser mencionados aqui, para explicar esse gosto pela aparência e pela costura que ele compartilhava com certos personagens da sua obra.

Alfredo Taunay era um homem refinado, sabia ler e escrever em francês e jamais se descuidava da aparência (era extremamente vaidoso, chegando a afirmar, nas *Memórias*, que possuía uma sensibilidade feminina); cultivava, além disso, os "talentos de salão", como saber dançar, tocar piano..., e naturalmente entendia de moda, como Alberto Monteiro.

Voltando, pois, a Alberto Monteiro, caberia citar aqui a sua satisfação quando viu Ierecê com o vestido que ele próprio cortara — constatou que utilizara o modelo ideal para esse tipo de mulher (uma "selvagem" sendo paulatinamente remodelada para assemelhar-se cada vez mais a uma mulher da Corte, ou civilizada):

> "Não perdeu ela, com isso, em graça; pelo contrário, mais alta e vistosa parecia com a saia escorrida e a camisinha alva que lhe caía dos ombros, repelida pela rebeldia dos seios."

Além desse talento para a costura, o herói também possui dotes de cabeleireiro e se põe, literalmente, a embelezar ainda mais Ierecê. Assim, o pseudo-antropólogo, cujo propósito inicial era conhecer os índios de Mato Grosso, para coletar dados sobre seus costumes e sua língua, deixa de considerar Ierecê um objeto de estudo, para tratá-la quase como uma boneca, que ele caprichosamente passa a vestir e pentear:

"Como ela se contemplava ao espelho, radiante de orgulho e alegria, quando aquele *português*, de fronte alva e espaçosa, lhe arranjava com singular paciência os abundantes cabelos, formando caprichosos e sempre novos penteados?!"

De fato, o herói vê Ierecê com os olhos de um dândi e, a partir desse momento, esta deverá, para corresponder, digamos, aos seus padrões estéticos, comportar-se como uma mulher branca, conservando dos modos indígenas apenas aquilo que fosse "bom e poético". Não só Ierecê aprendeu a ocultar os seios com modéstia, como passou a apreciar as conversas triviais que mantinha com Alberto Monteiro, que lhe falava da excitante vida das mulheres cariocas como se estivesse se dirigindo a qualquer mocinha sonhadora do interior, que almejasse levar uma vida menos acanhada.

"As narrações que Alberto fazia da vida e dos esplendores do Rio de Janeiro lhe excitavam vivamente a imaginação. A descrição do trajo das mulheres e da mudança contínua das modas sobretudo a encantava de um modo singular."

Embora possamos encontrar diferentes motivações para esse comportamento do herói, creio que desde já poderíamos afirmar que Taunay expôs, de forma realista, as intransponíveis barreiras culturais que separavam o moço da Corte (um autêntico dândi em férias, consumido pelo tédio e depois pelas febres) da moça da mata virgem, deixando vislumbrar já o fracasso dessa relação: Alberto Monteiro não poderá jamais aceitar, e muito menos compreender, o outro. Isso o conto exibe muito bem.

Será que deveríamos considerar esse personagem um alter ego, um auto-retrato do escritor quando jovem?

É claro que poderíamos, inicialmente, considerá-lo uma criação fictícia, em suma, um herói literário. Trata-se de um janota entediado que percorre algumas capitais latino-americanas: Rio de Janeiro, Montevidéu, Buenos Aires, Assunção. O herói não se detém porém nesses lugares, como se neles nada descobrisse de interessante que merecesse a sua atenção e o fizesse interromper a sua andança incerta.

Aqui, caberia citar uma observação de Antonio Candido, que talvez possa ajudar a elucidar a razão do tédio do dândi e por que este, desinteressando-se das mulheres do Rio de Janeiro ou de Buenos Aires, acabou nos braços de uma índia, uma mulher em estado natural, com quem finalmente se envolveu, até certo ponto. (Mas, para que a referida observação do crítico tenha esse valor explicativo, teríamos de supor que Alberto Monteiro é, de algum modo, similar ao próprio Taunay.) Taunay, um esteta de sangue francês, como lembra Antonio Candido, não obstante seu envolvimento com a vida da Corte, mostra também um "certo desprezo latente em relação à 'boa sociedade', para ele não suficientemente polida", daí a razão por quê, desencantado, entregou-se a experiências exóticas, como o seu herói, descobrindo, finalmente, numa índia guaná, a beleza e a elegância que sempre almejara, porém, agora envoltos em hábitos e maneiras nada europeus, que acabaram por decepcioná-lo e, finalmente, por indigná-lo. Dispôs-se, a partir daí, a educar, a refinar a mulher índia (aparentemente, as moças da Corte não se submeteriam de bom grado a tal tratamento), até conseguir que ela se comportasse e se vestisse de outra maneira, dentro dos padrões aceitos pelo dândi. Mas Ierecê jamais conseguiu ser a mulher ideal.

Diria, então, que o herói não encontrou o seu ideal feminino, nem na Corte, de onde se afastou, nem na mata, onde, aparentemente, não pôde realizar sequer suas ambições antropológicas, pois índios autênticos, puros, não existiam mais — os de Mato Grosso estavam "aportuguesados", "abrasileirados"... Sobre a visão antropológica do herói do conto falarei mais à frente.

No relatório antropológico "Os Índios do Distrito de Miranda", incluído neste volume e escrito quando o jovem militar voltou à Corte, o retrato que Taunay nos dá de Antônia é bastante discreto, e, lendo-o, não podemos adivinhar que existiu algo entre essa índia e o autor do texto:

"Vimos porém uma índia, chamada Antônia, filha de pai quiniquinau e mãe guaná, que sobre ser verdadeiro tipo de beleza pela venustade de rosto, delicada da epiderme e elegância do corpo, tinha suma graciosidade e donaire".

É tudo o que, nesse texto de caráter antropológico, logo objetivo, científico, ele afirma sobre uma índia que terá papel importante depois na sua obra literária, e que, nessa ocasião, já fazia parte da sua vida sentimental. E, nesse outro documento que é *A Retirada da Laguna*, escrito num estilo igualmente objetivo, o nome e a pessoa da índia estão rasurados, apagados — Antônia foi excluída desse relato histórico. Parece que o escritor só se sentiu à vontade para assumir publicamente seu romance com Antônia no final da vida, ainda assim ao fazer-lhe o retrato numa obra que, conforme exigiu, só poderia ser publicada postumamente. Há muitas outras omissões em *A Retirada da Laguna*, sobretudo são deixados de lado os fatos que dizem respeito ao próprio escritor, mas talvez o texto deva a isso parte do seu efeito dramático, como se o narrador fosse quase uma câmera impassível que estivesse ali apenas para registrar as atrocidades que sucediam ao seu redor. Tampouco as cenas hilárias que Taunay narrou nas *Memórias*, como o comportamento do comandante Drago, que possuía voz fininha e só pensava em bailes e vestidos, aí aparecem, pois não caberiam num relato que se propõe a descrever como, após invadir o Paraguai, um punhado de soldados sem armas e mantimentos foi obrigado a retornar ao Brasil, abandonando à espada inimiga todos os homens doentes.

Para narrar esse episódio dolorido de uma guerra particularmente sangrenta, Taunay se valeu de um estilo direto e seco, como já dissemos, semelhante àquele que utilizou no início de "Ierecê a guaná". Esse estilo funciona muito bem em *A Retirada da Laguna*, pois o tom impassível parece acentuar o caráter alucinatório da fuga dos soldados famélicos através de um cenário que, no início da narrativa, fora apresentado como soberbo, paradisíaco — a fronteira do Brasil com o Paraguai, o mesmo cenário de "Ierecê a guaná". Mas até que ponto esse mesmo estilo neutro e direto é também adequado para narrar o idílio com a índia guaná?

Nos parágrafos iniciais de "Ierecê a guaná", chama a atenção o caráter "técnico" da linguagem do narrador, que, nesse caso, parece confundir-se com o engenheiro Taunay. Num estilo de relatório, o início do conto descreve simplesmente o cenário, sem poesia, apresentando alguns argumentos favoráveis à mudança da cidadezinha para um local menos insalubre:

> "Com efeito, quanto mais se fugisse da costa do Paraguai, baixa e sujeita às inundações e, conservando a regalia de desimpedida navegação, se procurassem as terras altas próximas à serra de Maracaju e que se ligam aos ubertosos campos de Vacaria, cujo progresso era já uma realidade, mais largos horizontes se abririam para a vila, libertando-a dos inconvenientes que lhe davam a reputação de reconhecida insalubridade. Nesse caso, nenhuma indicação reunia com fundado motivo mais adesões do que a da Forquilha, bela e elevada planície assente no entroncamento de duas correntes, cujo acesso a canoas grandes e carregadas era fácil e já aproveitado."

Essa é a voz objetiva do técnico, do oficial Taunay, membro da comissão de engenheiros. Toda a trama de "Ierecê a guaná" transcorre um pouco antes da guerra propriamente dita, quando ninguém acreditava na deflagração de um conflito entre o Brasil e o Paraguai, e a ocupação da fronteira parecia natural e oportuna. A narrativa prossegue, sempre em terceira pessoa, e coloca em cena Alberto Monteiro, o herói. Fugindo da insalubridade da vila de Miranda, ele busca a natureza intocável, chegando à serra de Maracaju, onde se deslumbra com a beleza da paisagem, exclamando coisas como: "É soberbo, admirável!"

A partir desse momento, a voz do engenheiro cede espaço definitivamente para a voz de um narrador que, ao acompanhar os passos incertos de seu herói, parece sentir-se, tal como este, realmente tocado pela natureza, além de estar bastante familiarizado com ela. Ao mesmo tempo, o texto vai se tornando mais complexo, ao incorporar expressões regionais e termos indígenas, citando, ainda, crenças e ditos próprios da gente do lugar. Enfim, ele flui ágil, sem entraves — o narrador conhece profundamente o seu assunto. É só então que o texto adquire seu status propriamente artístico, e prossegue nesse estilo até o final.

Repentinamente, o herói sente-se mal, fica febril, prostrado. Assim, a viagem, que deveria levá-lo ao âmago da natureza, aos seus recantos mais puros, aos seus habitantes mais autênticos, é interrompida definitivamente. O conto "Ierecê a guaná" não narra, cabe-nos concluir, o encontro com o objeto do desejo, mas uma viagem fracassada. E é na viagem de volta, no retorno à civilização infecta, que o herói, num desvio do caminho, encontrará uma índia sedutora, mas essa índia tampouco é 100% autêntica, tampouco é o verdadeiro modelo natural de beleza feminina que o dândi almejava. É uma moça bonita e graciosa que habita um aldeamento entre a vila do homem branco e o paraíso ecológico inalcansável.

Como, porém, Alberto Monteiro está decidido a travar contato com os "aborígines" do Centro-Oeste, mesmo que eles já não sejam considerados "puros", nosso herói decide passar um período no aldeamento mais próximo, onde sabia que residia "gente muito mansa e simpática". Aconselhado pelo soldado que lhe servia de guia, o herói com sezões decide entregar-se aos cuidados de um curandeiro indígena, buscando refúgio num lugar cujos ares já seriam benéficos e o curariam. Em suma, o herói convalescente penetra num recanto aprazível da natureza (não no seu âmago mais puro, como vimos), onde, ao chegar, exclama: " — Que belo canto do mundo para a gente viver tranqüila e esquecida".

Alberto Monteiro é, como sabemos, um rapaz entediado ou desencantado, viajando pela América do Sul para distrair-se, mas em vão ("Arrepender-se logo do que acabava de executar era sempre o primeiro movimento do nosso viajante"). Assim, o idílio indígena será apenas um episódio de uma peregrinação muito maior e sem conclusão, pois o herói partirá novamente, iniciando uma longa viagem até a Corte.

Aqui, podemos perceber claramente aquilo que distingue o jovem Taunay do seu herói, Alberto Monteiro — ambos não seriam, portanto, idênticos. Taunay, ao marchar, no início da guerra, ao encontro de um inimigo longínquo, através de uma rota inviável, cortando sertões inteiramente desconhecidos, sonhava em realizar projetos científicos mirabolantes, a fim de distinguir-se, na volta para casa, por algum grande feito, não na área bélica, mas na área científica, ou antropológica.

Uma prova da sua seriedade como cientista é o dicionário de termos indígenas que elaborou quando residia nos Morros, ao lado da índia Antônia e sua gente. Mencionamos essa aventura no início deste ensaio, mas alguns detalhes precisam ser acrescentados. Taunay encontrou-se com a índia em duas ocasiões, sendo que, na segunda vez, tal como o febril Alberto Monteiro, também ele estava com sezões, e havia conseguido uma licença de cinco dias, em meados de dezembro, para tratar-se fora do acampamento militar, ou seja, junto da sua amante, "a saudosa e inesquecida Antônia", a quem havia conhecido antes da doença (maleita), ficando ao seu lado, nesse primeiro encontro, dois meses (maio, junho e começo de julho).

A segunda visita à índia é assim rememorada pelo Taunay maduro:

"Ao lado do rancho comum, num palheiro baixo, onde se balouçava uma rede de tiras de couro cru, junto a limpíssimo regato que deslizava ao sopé de magníficos *buritis* e a contemplar, ora a estremecida Antônia, ora o céu anilado ou então os inúmeros pares de araras vermelhas e azuis que pousavam nas palmas, passei um dos dias mais cheios e venturosos da minha vida.

"Antônia mostrava-se exultante de alegria e me fazia mil carinhos, expressando de modo engraçado, nos muitos solecismos em português, as saudades que por mim curtira.

"Só falando em *chané* é que posso contar tudo", dizia a cada momento."

O Taunay maduro não deixa dúvidas sobre a intensidade da sua paixão pela moça guaná: "Como se me afigurava a última palavra da felicidade viver ali sempre, sempre! Antônia!..." É claro que tal exclamação jamais poderia ser emitida por um aventureiro cético, irônico e eternamente entediado como Alberto Monteiro. Ao embrenhar-se nos sertões desconhecidos, Taunay não era um turista como o seu herói, mas um jovem ambicioso que acalentava sonhos científicos e literários. Lendo "Ierecê a guaná", não ficamos sabendo quais talentos, ou quais ideais, possui Alberto Monteiro, exceto aqueles fúteis, necessários a um dândi da sua classe.

Findo o prazo de cinco dias, Taunay despediu-se novamente de Antônia, e dessa vez para sempre, pois os dois jamais voltariam a se rever. Nas *Memórias*, Taunay revela que a índia se casou três vezes e ficou duas vezes viúva, e conclui que estava velha e feia aos 40 anos, "pois as índias cedo, muito cedo, perdem todos os encantos e regalias da mocidade". Mas a imagem da Antônia jovem continuará intacta na sua memória:

> "Pobrezinha da Antônia! Em mim deixou indestrutível lembrança de frescor, graça e elegância, sentimento que jamais as filhas da civilização, com todo o realce do luxo e da arte, poderão destruir nem desprestigiar!..."

Mas o jovem Taunay, a julgar pelas palavras do memorialista, não estava interessado apenas em Antônia — ele também apreciava a intimidade com os demais índios:

> "Achava intenso prazer em com eles estar, em buscar aprender-lhes a língua doce, cheia de vogais, rudimentar nas combinações, a merecer-lhes elogios e estima."

O engenheiro Taunay tanto se interessou pela língua guaná que, como já afirmei, decidiu estudá-la seriamente, conseguindo recolher cerca de 2 000 vocábulos, que, segundo afirma, se perderam quando os paraguaios, em junho de 1867, saquearam e incendiaram Nioaque, uma localidade próxima à fronteira com o Paraguai. O pequeno vocabulário, acrescentado a este volume, é tudo o que restou dessa extraordinária pesquisa lingüística. Parece-me que o herói do conto, na sua condição de convalescente indolente e desencantado com o mundo, inclusive com a cultura indígena, jamais teria podido elaborar uma obra dessa envergadura intelectual, embora ele também, como o jovem Taunay, tivesse certa curiosidade antropológica, chegando mesmo a dar alguma atenção à língua guaná. Mas Alberto Monteiro é, como já afirmei, o herói que nunca atinge a sua meta (não alcança algo pleno em sua peregrinação) e, por isso, deve retroceder, deixando inconclusa a sua obra antropológica e vivenciando, no máximo, "episódios curiosos" à beira da estrada, os quais, é claro, não o realizam, não o satisfazem inteiramente. Ou seja, de maneira nenhuma poderíamos confundir esse personagem com o jovem Taunay, sobretudo com o jovem Taunay retratado nas *Memórias*.

Precedendo esse vocabulário, este volume inclui também o curto relatório de Taunay, já mencionado, sobre os índios de Mato Grosso, mais precisamente os do distrito de Miranda. Ambos os trabalhos fazem parte do primeiro livro publicado pelo escritor em 1868, *Scenas de Viagem*. Taunay tinha então 25 anos de idade. No relatório podemos constatar que, como antropólogo amador, o jovem militar não era um observador imparcial ou destituído dos preconceitos da sua época, pois, ao adotar como única referência cultural o modelo europeu, só lhe restava qualificar de "bárbaro", "incivilizado" o modo de vida do outro, o indígena americano.

Ao contrário do Taunay maduro, o jovem Taunay vivenciou um conflito semelhante ao de Alberto Monteiro, terminando por julgar a cultura do outro como inferior, numa perspectiva colonialista. Ora, é nesse momento de desqualificação do outro que Alberto Monteiro e o jovem Taunay finalmente se igualam, muito embora o segundo também tenha se dedicado seriamente a aprender a língua guaná, fazendo um esforço enorme para reinventar a relação entre o branco e o índio, a fim de não cair num impasse que anulasse os seus próprios planos de estudo científico.

Considerando esse impasse vivenciado tanto pelo escritor quanto por seu herói, poderíamos explicar talvez por que Ierecê não pôde ser a heroína do relato que leva o seu nome. Alberto sente por ela e sua cultura uma atração mesclada de aversão, passando a olhar o mundo do outro do alto, e, sem compreender o que nesse mundo o fascina e ao mesmo tempo o assusta, prefere dar-lhe as costas. Parece que Taunay, o jovem Taunay, se não deu as costas ao mundo indígena, sentiu-se pelo menos mais confortável ocultando Antônia atrás de Ierecê (mesmo quando a relação de ambos já havia acabado), vindo, só no final da vida, a revelar em detalhes o romance real, que ele talvez tenha rememorado de forma idealizada, rarefazendo as barreiras preconceituosas que, anos antes, contribuíram para separar o jovem militar de Antônia, que foi rasurada de sua obra, primeiro porque deixou de ser mencionada como amante, segundo, porque, recriada como Ierecê, se tornou um retrato daquilo que, por ser incompreensível e intolerável para uma mente eurocêntrica, estava fadado a definhar e morrer, confirmando que a relação com o outro era apenas um capricho do colonizador.

No entanto, o Taunay maduro, ao fazer um balanço de sua vida, tentará resolver esse impasse, narrando o seu romance indígena com outra voz, a voz de quem se entregou ao idílio "selvagem" sem reservas, certo de que essa experiência era um dos pontos altos da sua vida sentimental. Essa certeza talvez seja a do velho, que viveu outras experiências e pôde compará-las entre si, além do que era "picante" incluir nas *Memórias* uma autêntica transgressão, enaltecendo o outro e afirmando tê-lo amado, sem desqualificá-lo, sem rebaixá-lo. A relação especular entre Alberto Monteiro e os dois Taunays, o jovem e o maduro, é, pois, muito complexa. Tentei, acima, oferecer apenas algumas indicações que possam esclarecer melhor esse fato, esse emaranhado de vozes, cujo valor simbólico é riquíssimo.

Um aspecto da vida indígena que os dois Taunays, o jovem e o velho (e, conseqüentemente, também Alberto Monteiro), jamais conseguiram entender, foi o religioso. Considerando os índios bastante primitivos, nesse aspecto, o antropólogo amador oferecerá no seu relatório, incluído neste volume, um retrato nada simpático das práticas rituais indígenas. Opinará que os índios de Miranda deveriam ser catequizados o mais rápido possível, desqualificando totalmente as verdades religiosas do outro. Eis uma passagem característica:

"Os índios do distrito de Miranda vivem na maior ignorância e indiferença em matéria de religião. A catequese acha-se muito atrasada e tem sido mal dirigida."

Essa opinião é a mesma que emite o herói de "Ierecê a guaná". Curiosamente, nem o jovem Taunay nem Alberto Monteiro, como dândis galantes, estavam qualificados moralmente para a tarefa de catequizar os índios, de modo que deixaram de lado essa tarefa, revelando, talvez, toda a hipocrisia do prurido cristão do jovem escritor, pois ambos, o homem e o personagem, ao unir-se a uma índia, tiraram proveito do fato de a religião do outro não ser a mesma do homem branco.

Alberto Monteiro, em vez de tentar converter a índia às verdades da religião oficial do Império, prefere introduzi-la na moda feminina da Corte, pois assim paramentada, ela se tornaria mais palatável e cumpriria melhor seu papel de amante de um esteta como ele. No requisito religioso, Alberto Monteiro não quis, por interesses próprios, seguir os passos do Frei Mariano de Bagnaia, tão prezado pelo escritor nos seus textos sobre a campanha de Mato Grosso: fora esse religioso quem batizara Ierecê e lhe dera o nome cristão de Silvana, tentando incutir-lhe, aparentemente sem sucesso, os rudimentos da nova fé.

É ainda mais irritante o falso moralismo do jovem Taunay quando, ao comentar no seu relatório os costumes indígenas associados ao matrimônio, condena com indignação a prática de se entregarem aos rapazes noivas de "10 anos", por razões econômicas:

"Esse hábito de entregarem meninas a homens é geral: dele tiram os progenitores maior lucro, dimanado da luxúria em seus demandos brutais, pois essas infelizes crianças são procuradas e obtêm quase sempre altos preços. É o efeito de idéias desmoralizadoras e repugnantes."

Ora, o herói Alberto Monteiro não sentirá nenhum escrúpulo em entrar nesse jogo e também adquirirá uma jovenzinha, Ierecê, pouco mais que uma menina, no máximo uma adolescencte. Deveríamos considerar o herói um degenerado? Será que Taunay, o jovem Taunay estaria, no seu conto, condenando a ação do seu herói? Não é o que a leitura do conto revela, ainda mais porque, conforme sabemos, o conto é a recriação de um fato real — ou seja, o próprio escritor comprou uma indiazinha de 15 anos.

Voltemos, porém, à discussão sobre a religião indígena, tal como ela foi vivenciada pelo escritor. Taunay não se limitou, é claro, a opinar sobre a religião do outro, mas, consciente de seu papel de etnógrafo, também observou atentamente os seus rituais, sobretudo o agir do xamã, ou padre, que, à noite, cantava e chamava um certo gavião, imitando-lhe o grito. É uma cena que "não deixa de impressionar", como reconhece o jovem Taunay.

Alberto Monteiro, nesse aspecto, é muito parecido com o etnógrafo, como o leitor verificará, comparando o texto do conto com o texto do relatório. Porém, se Alberto Monteiro repete as palavras de Taunay, em contrapartida também lhes acrescenta um dado novo e perturbador, o sarcasmo, o distanciamento irônico, próprio talvez de um janota entediado como ele. Diante do mesmo ritual xamanístico, o herói se comporta primeiro com curiosidade etnográfica, por assim dizer, depois com enfado, irritação, como se, também isso, ou sobretudo isso, fosse destituído de importância para ele:

> "Alberto, a princípio, pela singularidade da coisa e pela perfeição com que era imitado o gritar da acauã, foi observar o velho e ouvir-lhe as descompassadas cantigas; entretanto, ao depois, ficava impaciente por ser interrompido no melhor do sono."

Esse sarcasmo decorre da inconseqüência e da falta de profundidade do herói do conto. Não esperaríamos encontrar uma declaração como essa no relatório do jovem Taunay sobre os índios do distrito de Miranda, cujo tom é outro, mais científico, mais interessado. Mas, se essa postura irônica e desdenhosa desaparece do texto etnográfico do escritor, o julgamento final do homem que se considera superior ao índio não soa menos cruel e duro:

"O padre, como médico, é da mais crassa ignorância: não usa das plantas medicinais que o rodeiam e cujas propriedades medicamentosas parece desconhecer completamente."

Nas suas anotações de cunho etnográfico, muitas vezes reduzidas a frases apenas esboçadas, abruptas, o jovem Taunay expõe uma visão da cultura do outro que longe está de ser inteiramente favorável aos índios. O engenheiro militar não parece, nessas anotações, sentir admiração irrestrita pela vida indígena — ao contrário do que afirmará, anos depois, nas *Memórias*, onde se mostrará mais tolerante e, às vezes, até fascinado pelos costumes "bárbaros". Aos olhos de um recém-chegado da Corte, a "vida selvagem" se apresenta como rude, embora também tenha lá os seus encantos, conforme faz questão de registrar o etnógrafo. Diria que Taunay, ao se opor a oferecer uma imagem idealizada dos índios, deseja demonstrar que ele, ao contrário de outros homens de letras do seu tempo, como José de Alencar, por exemplo, conhecia perfeitamente os pontos positivos e negativos da cultura indígena, e tinha autoridade para opinar sobre ela. Mas, em razão dos preconceitos típicos da época, em particular a convicção então compartilhada por artistas e cientistas de que o pensamento do indígena era infantil e sua moralidade duvidosa, esse julgamento final é injusto.

Assim, os supostos pontos negativos do comportamento indígena acabarão sendo enfatizados, ficando na sombra os pontos considerados positivos. Curiosamente, opiniões muito parecidas com as de Taunay foram defendidas, neste século, por antropólogos tão diferentes entre si, como Sir Frazer, estudioso de gabinete que jamais deparou com um índio, e Koch-Grünberg, que longamente conviveu com os habitantes da Amazônia e nos legou uma importante coletânea de contos onde pontifica o impagável Makunaíma, um herói inclassificável, segundo os padrões da mitologia européia.

As vozes de Taunay, discutidas acima, são vozes discordantes, contraditórias, complexas, iluminando-se mutuamente pelo confronto. A voz do narrador do conto é sem dúvida fruto da experiência do jovem escritor entre os índios do distrito de Miranda, de maneira que encontraremos, nas anotações etnográficas feitas por este, idéias e cenas expostas no conto, embora não possamos confundir a voz de etnógrafo amador com a voz do narrador de "Ierecê a guaná", e tampouco considerar as opiniões e ações de Alberto Monteiro como simplesmente uma síntese da visão de mundo de Taunay, nessa época.

Não podemos julgar Taunay, insisto, tomando como referência o comportamento do dândi entediado que seduziu e abandonou a índia dele enamorada. Sabemos, lendo as *Memórias*, que o Taunay maduro não emitiu julgamentos duros sobre a cultura indígena, mas, ao contrário, tentou mostrar o quanto esta o havia interessado e fascinado. E, sobretudo, o quanto amou a bela Antônia, cujo retrato, real ou idealizado, ajudou o escritor a propor, no final da vida, uma solução para o impasse que viveram o jovem Taunay e Alberto Monteiro: a atração-repulsão pelo outro, que, incompreendido em sua especificidade moral e cultural, se tornou inacessível e por fim indesejável, após um período de alguma intimidade, pois eram demasiado fortes as barreiras que separavam aquele que se considerava superior do outro que tentou acercar-se dele.

ÍNDIA ROMÂNTICA, BRANCOS REALISTAS

Lúcia Sá
Universidade de Stanford

A leitura de "Ierecê a Guaná"[1] traz à mente outras tristes índias que, como ela, também morreram de amor: Atala, Lindoya, e, claro, Iracema, a virgem dos lábios de mel. Publicado em 1874, o conto do Visconde de Taunay dialoga claramente com a lenda de Alencar, que lhe antecede em nove anos. A começar pelo nome da heroína, que soa suspeitosamente como o da jovem tabajara. Ademais, ambas as jovens descendem de feiticeiros, vale dizer de homens poderosos ou nobres, e são, como seria de se esperar, extraordinariamente belas. Por fim, as duas entregam-se ao amor com uma intensidade que termina por ser, em cada um dos casos, fatal.

O que levaria Taunay à arriscada tentativa de re-escrever, em tão singelo conto, a obra consagrada de Alencar? Talvez uma sugestão esteja nos próprios nomes das heroínas: enquanto Iracema, anagrama de América, é nome inventado para dar a impressão de palavra tupi, Ierecê, como nos explica o autor, é termo indígena mesmo, e significa "estrela em guaná". Para isso,

---

1) Taunay, Visconde de (Sylvio Dinarte). "Ierecê a Guaná". *Histórias Brazileiras*. Rio de Janeiro, Garnier, 1874

tudo indica, foi escrito *Ierecê*: para substituir a língua e a natureza "inventadas" de Alencar pelas línguas indígenas e a natureza que Taunay se orgulhava de ter conhecido e estudado de perto, quando lutava na Guerra do Paraguai.

Em suas *Memórias* o Visconde é bem explícito nas críticas ao escritor cearense, cujos índios, na sua opinião, falam "com uma linguagem poética de exuberância e feição oriental", a qual contrasta vivamente com a que ouviu:

> "Conheci-os bem de perto, com eles convivi seis meses a fio e pude observá-los detidamente. Eram aborígenes de procedência e cunho mais elevados, *chanés* de Mato Grosso"(...)."De certo tinham fraseologia por vezes pitoresca, mas daí a conversações todas de tropos e elegantes imagens há um mundo"[2].

Talvez por isso, em Ierecê, pouca oportunidade têm os índios de falar. Quando o fazem, usam pequenas frases em chané, traduzidas pelo autor nas notas de rodapé: "— *Quixauó!* exclamou Morevi, *carineti tchikiiti*"; ou num português permeado de expressões coloquiais que se distinguem do restante do texto pelo uso do itálico: "Este *lavrado* não é para mim, disse ele afinal mais calmo a Florindo, é para minha neta. Ela foi à aldeia grande e daqui a um *nadinha* estará batendo de volta". Os comentários do narrador sobre a línguagem dos índios são, no geral, pouco entusiasmados. Veja-se por exemplo o que nos diz a respeito de Morevi, o avô de Ierecê: "(...) despegou-lhe, depois de muito gesto cômico, a língua numa catadupa de palavras quase sem nexo, umas em seu idioma, outras em português estropeado". E nem mesmo a heroína escapa a essa visão tão pouco lisonjeira: "(...) ora contava histórias de sua tribo, num português muito atravessado e custoso (...).

---

2) Taunay, Visconde de. *Memórias do Visconde de Taunay*. São Paulo, Progresso, 1948, p. 230.

Para Taunay, os índios brasileiros estão muito distantes da religiosidade natural exaltada por Alencar, como podemos ver no seguinte trecho das *Memórias*: "Nenhuma idéia de Deus (digam o que quiserem), nenhum vislumbre de religião a não serem uns longes de grosseiras superstições, inteira despreocupação do futuro, a vida *au jour le jour*"[3]. E em suas anotações etnográficas sobre diferentes grupos indígenas, ele menciona também a preguiça: "[as mulheres terena] são as mais laboriosas e industriosas da sua raça, se contudo levarmos em conta o que vem a ser a atividade e a indolência própria das nações indígenas"[4]. Caracteriza-os, além disso, a cobiça e a imoralidade: "Pouco freqüente vem a ser a cerimônia do casamento: os meios de se contrair núpcias são os presentes e o dinheiro em espécie, fonte donde imana a mais horrorosa imoralidade"[5].

Tal visão das culturas indígenas permeia também as páginas de "Ierecê". A Morevi, por exemplo, só lhe importam os presentes que recebe do protagonista Alberto, e mesmo quando este está prestes a abandonar sua neta, que adoece, o pajé se interessa mais pelos bens que virá a herdar do que pela saúde de Ierecê: "O velho não mostrou o menor abalo nem desgosto: pelo contrário desejou-lhe toda a sorte de felicidades pelo regresso e cobriu-o de bençãos quando soube que tudo quanto continha o rancho ao lado viria a pertencer-lhe desde logo".

A indumentária ritual de Morevi e as suas conversas noturnas com a ave acauã são descritas em detalhes que correspondem às anotações etnográficas do autor[6]. Essa prática religiosa, no entanto, está longe de despertar a admiração do protagonista, que se sente incomodado pelo barulho. A religião dos índios é um mau costume

---

3) Taunay, A. *Memórias*, p. 230
4) Taunay, A. *Entre os nossos índios. Chanés, terenas, kinikinaus, guanás, laianas, guatós, guaycurus, caingangs.* São Paulo, Melhoramentos, 1931, p. 17.
5) Idem, p. 43.
6) Ver *Entre os nossos índios*, p. 22. (Texto reimpresso neste volume.)

que deve ser corrigido, e Ierecê se dispõe a falar com o avô: "Ierecê, então, foi ter com o avô e tais argumentos empregou, apoiados em dádivas e promesssas, que nunca mais aquela grita dissonante perturbou a tranquilidade das noites". Da mesma forma, e heroína se dispõe a mudar sua maneira de vestir para agradar ao namorado branco: "(...) para logo desterrou do rosto e braços as pinturas que costumava traçar com urucum e genipapo; deixou de cuspinhar, como fazem a cada momento os índios e de comer rapida e vorazmente, empenhando-se enfim por merecer aplauso pelo abandono pronto deste ou daquele hábito menos conforme com o modo de viver civilizado". E em termos de religião, a moça não se encontra em situação muito melhor do que a do avô: "Das práticas e orações que aquele virtuoso capuchinho lhe ensinara na aula de catecismo, só conservara o sinal da cruz, símbolo que nunca deixava de fazer pela manhã ou à noite, quando ia se deitar".

Se Alencar descrevera a beleza de Iracema com economia, utilizando-se de traços genéricos e fórmulas comparativas, com poucos detalhes ("cabelos mais negros que a asa da graúna", "pé grácil e nu"), Ierecê é pintada com minúcias que nos deixam ver uma beleza não puramente indígena, pelo nariz de "retidão caucásica" e pela cor: "A tez, muito lisa e fina, na cor aproximava-se à do chocolate desmaiado em leite, tão desmaiado que quando qualquer impressão mais viva ia entender-lhe com o coração, as suas faces se acendiam vivas de rubor". Essa descrição corresponde à das mulheres quiniquinaus das anotações etnográficas: "São as suas mulheres belas; pela mistura de raças, fácil nessa tribo mais relacionada com os brancos e negros e a estes encostada. A cor lhes é de um amarelo escuro de canela (caburé) ou de um branco ligeiramente rosado. Neste caso, têm as faces delicadamente coradas; a tez pura, os lábios rubros, as gengivas vermelhas".

A linguagem de *Iracema* queria causar estranheza, apelando para a beleza exótica provinda da tradução, ou pretensa tradução, de expressões tupis. Esse efeito é ajudado pelo cuidadoso emprego do ponto de vista, que é na maioria das vezes indígena. Nossa primeira impressão de Martim, por exemplo, vem dos olhos da jovem índia, em discurso indireto-livre: "Diante dela a contemplá-la está um guerreiro estranho, se é guerreiro e não algum mau espírito da floresta". Da mesma forma, quando Iracema e Martim se aproximam da maloca de Araquém, é através deste que os vemos chegar: "Quando os viajantes entraram na densa penumbra do bosque, então seu olhar como o do tigre, afeito às trevas, conheceu Iracema e viu que a seguia um jovem guerreiro, de estranha raça e longes terras".

Em *Ierecê* a perspectiva é sempre a do protagonista. Ierecê e seu avô não têm voz, a não ser pelos raros diálogos, e jamais sabemos o que pensam, mas aquilo que o protagonista presume que pensem. A visão é quase científica, como cabe aliás à ocupação do protagonista, levado à casa de Ierecê por interesses antropológicos: "O rosto, pescoço e tronco estavam sarapintados de desenhos e cortados de linhas vermelhas e pretas feitas com o suco do urucum e do genipapo, mas aqueles sinais, destinados principalmente a incutir terror nos que o fitassem, se conseguiam disfarçar a cor de tijolo queimado da pele, nem de leve modificavam a expressão natural de timidez e bondade que caracteriza em geral a fisionomia dos índios guanás e quiniquinaus".

Apesar do prazer que sente ao lado de Ierecê, Alberto se mantém distante da jovem, por quem sente não amor, mas uma "ligação passageira". Admira a sua beleza e trata-a como uma boneca, brincando com seus cabelos e cortando-lhe vestidos. Mas em nenhum momento parece o protagonista ver em Ierecê qualidades morais que o fizessem respeitá-la como uma mulher adulta. Tampouco se sente muito tocado pela vida idílica que leva a seu lado: "Alberto Monteiro jamais se sentira, senão tão feliz, pelo menos tão calmo". E embora ele aprecie os detalhes da paisagem local que possam ser revestidos de conotações eróticas, a natureza ao redor nada tem de arrebatadora, e é descrita com surpreendente frieza: "A paisagem que o cercava era restrita, mas amena. Densa cintura de mata virgem limitava logo o horizonte; em compensação, porém, os olhos eram obrigados a parar demoradamente nos grupos de buritis e taquaraçus que acompanhavam o percurso do córrego e que mais se condensavam em torno de uma bacia larga e natural em que as águas se espraiavam sobre um fundo de areias prateadas. Aí era o banho de Ierecê".

Alberto parece gostar do "amor inventivo" da jovem índia, mas diante dos esforços musicais e coreográficos que ela e algumas companheiras fazem para entretê-lo, somos devidamente informados pelo narrador que "Alberto se distraíra mediocremente, mas julgou caso de polidez e justa condescendência mostrar-se plenamente satisfeito e divertido".

A frieza e distância de Alberto em relação a Ierecê e sua cultura são reforçadas pela atitude do narrador, cujas tiradas humorísticas o mantêm, por sua vez, distante de seus personagens. No início do conto, por exemplo, descobrimos que Alberto era um jovem rico que viajava constantemente "por mera distração". Chega até o Mato Grosso só porque estivera antes no Paraguai: "— Estar em Assunção, pensou Alberto, obriga-me ir a Cuiabá". Ao que o narrador em seguida observa: "E, firmando neste argumento contestável a necessidade de continuar a viagem fluvial, sulcou rio acima o Paraguai e, numa tarde de calor imenso, foi desembarcar na capital do Mato Grosso".

Se os índios misturam as línguas e falam "num português estropiado", também os sertanejos, como o soldado Florindo, usam um português permeado de expressões coloquiais, em itálico: "Mas *vossuncê* não *percisa* para sarar ir até a *cidade*; fique uns pares de dias na aldeia e os ares de lá sacodem a *maldade* do seu corpo". E em contraste com a linguagem controladíssima do narrador de *Iracema*, "Ierecê" se constrói com um aparente descuido, onde não faltam as digressões ("Voltando entretanto ao que dizíamos no começo") e longas descrições semi-científicas: "Então, de um lado, para o Norte, melhor se acentuam os acidentes que esboçamos, e do outro, ao Sul, abrem-se campinas extenssíssimas sem outro corte mais na sua uniforme expansão do que um ou outro capão de mato em encontro pronunciado de declives, onde se mantenha com persistência a umidade precisa para o desenvolvimento de vegetação mais vigorosa".

A linguagem descuidada, a falta de arrebatamentos (e quase de sentimentos) do protagonista, a distância do narrador e seu mal disfarçado desprezo pelos índios afastam "Ierecê" do indianismo romântico de Alencar. Pareceria, ao contrário, que a intenção do conto é dar às culturas indígenas tratamento realista, baixando-as do pedestal em que haviam sido colocadas pela obra do consagrado cearense. É desnecessário dizer que essa visão "realista" não está nessariamente mais próxima da "realidade" dos guanás do que a de Alencar está da dos tabajaras. De fato, algumas das informações de Alencar sobre as culturas indígenas correspondem mais de perto à visão que hoje nos revelam antropólogos e textos indígenas do que o ponto-de-vista de Taunay, como é o caso das religiões indígenas, cuja existência, pelo menos, era reconhecida por Alencar.

Entretanto, o realismo de "Ierecê" é amoldado a um enredo que segue de perto vários dos clichês do indianismo romântico: a paixão sem freios da jovem índia, sua inocência infantil, sua profunda ligação com a natureza, e a morte por amor. Como explicar a combinação de elementos tão distintos?

Para responder a essa pergunta, ajuda-nos comparar o enredo

do conto ao episódio correspondente nas *Memórias* do autor. Ali, Taunay nos conta que a caminho da guerra, na província de Mato Grosso, veio a conhecer uma jovem quiniquinau de nome Antônia, por quem se apaixonou. Antônia vinha com a família a encontrar o amante Lili, mas ao vê-la, o visconde ficou tão impressionado com sua beleza que ofereceu a seu pai uma série de bens para que ela ficasse com ele. O pai aceitou a proposta, e Taunay viveu com ela, por dois meses, "dias descuidados e bem felizes".[7]

A descrição física de Antônia é muito semelhante à de Ierecê: "(...) cutis oval, tez mais morena demaiada do que acaboclada, corada até levemente nas faces"[8]. Semelhante, também, é a reação das duas jovens quando recebem do protagonista/autor o colar de contas de ouro; e a passagem de certa indiferença inicial a um interesse cada vez maior pelo "português".

Outros detalhes, no entanto, distinguem "Ierecê" do texto memorialístico. Primeiro, neste último cabe a Antônia e não ao pai a decisão final de ficar com o visconde: "Além disto [o pai exigia] pleno consentimento da Antônia, que não se mostrava assim, sem mais nem menos disposta, a deixar o Lili que a esperava impacientemente"[9]. Já Ierecê nada pode dizer a respeito: "Ierecê não fora consultada, e durante a cerimônia perfunctória que a ligava, segundo os costumes de sua gente, àquele homem desconhecido por um laço que não ela, mas só ele, podia romper, mostrou-se completamente indiferente". Antônia tem um amante, ao passo que a índia do conto, embora não seja descrita explicitamente como virgem, é ainda muito jovem, e nada se menciona a respeito de relações passadas ou presentes. Ao contrário de Alberto, que nunca chega a sentir amor por Ierecê, Taunay admite, nas *Memórias* "que essa ingênua índia foi das

---

7) Taunay, A. *Memórias*, p. 292.
8) Idem, p. 282.
9) Idem, p. 284.

mulheres a quem mais amei"[10]. A maior diferença entre os dois episódios, no entanto, está no desfecho: Antônia não morre ao ser abandonada pelo visconde. Volta para junto de Lili, onde Taunay vai encontrá-la quando, depois de algumas semanas, lhe faz outra visita. Anos mais tarde, ele fica sabendo que ela se casara duas vezes e tivera filhos.

Não se trata, evidentemente, de tomarmos as *Memórias* como verdade biográfica contra a qual se deve contrastar o conto, mesmo porque elas foram escritas anos depois de "Ierecê".

A comparação entre os dois textos ressalta o processo de invenção da heroína romântica em "Ierecê", ao mesmo tempo que aponta para a criação da mulher realista das *Memórias*. De toda forma, a leitura das *Memórias* ajuda-nos a compreender "Ierecê" como um texto de transição, situado no entre-lugar dos discursos romântico e realista.

Não é só o romantismo exaltado de Ierecê que pode ser comparado ao pragmatismo de Antônia. Em contraste com a tranqüilidade com que o visconde confessa o seu amor por esta última nas *Memórias*, sobressaem também a frieza, o preconceito social e a distância de Alberto e seus companheiros homens em "Ierecê". Através de Alberto, o jovem cientista, Taunay nos traz até a frieza e o afastamento do discurso realista. A pretensa objetividade que têm em comum o narrador, o protagonista e os demais personagens masculinos do conto, atribui às mulheres o papel de meros objetos de fantasias eróticas. A cena em que Alberto vê Ierecê pela primeira vez é bastante ilustrativa nesse sentido, pelo muito que se assemelha a uma pintura erótica: "Vinha se aproximando uma mulher de altura regular e porte elegante. Ao chegar à corrente abaixou-se e encheu vagarosamente uma vasilha de carregar água que trazia à cabeça, assente em volumosa

---

10) Idem, p. 292

rodilha". O mesmo ocorre mais adiante, quando Ierecê e suas amigas, de seios à mostra, dançam para Alberto, que permanece deitado na esteira: "De vez em quando uma delas parava e unia a sua voz à do rouquenho cantor para animar o dançado que se acelerava e mais calor e vivacidade tomava com os gestos elegantes e posições voluptuosas, quase lúbricas, das bailarinas".

Alberto se entretém com Ierecê durante os dois meses que fica em sua casa, mas sente apenas um ligeiro remorso por haver lhe despertado a paixão. Os outros personagens masculinos do conto são ainda mais enfáticos a esse respeito. Veja-se por exemplo o seguinte diálogo entre o senhor Faustino e Júlio Freitas:

"— Depois, ponderou João Faustino, convém lembrar que os índios esquecem depressa. Ierecê poderá ficar sentida uma semana, duas, se tanto; depois consolar-se-á... é...
— É a lei universal, concluiu filosoficamente Júlio Freitas."

Todavia, ao contrário do que afirmam eles, o romantismo ainda é um discurso válido, ao menos para as mulheres índias. E a morte de Ierecê faz com se lhe atribua finalmente uma alma, como se pode deduzir pelas palavras do avô, em citação do senhor Faustino:"o *português* (...) levou a alma dela". Essa desforra irônica do discurso romântico no final do conto afasta ainda mais o narrador de seus personagens masculinos, aproximando-o de Ierecê e de Iracema. Mas a heroína do conto, ao contrário de sua antecessora, não deixa descendentes nem funda uma nação. Seu legado se resume à história já um tanto fora-de-lugar de seu amor pelo ingrato português.

Por tudo isso, pode-se dizer que "Ierecê a guaná" é um texto exemplar de um período de transição na narrativa brasileira. O realismo do protagonista, destinado a corrigir os excessos de Alencar, nunca chega a incorporar o intenso amor romântico de

Ierecê. A apaixonada índia, por sua vez, embora não ultrapasse o papel de pobre criatura isolada e exótica, detém o título indiscutível de heroína numa história que ainda pretende, ao que tudo indica, arrebatar alguns românticos corações. Entre o antiindianismo realista e o indianismo romântico exacerbado, o conto estabelece um diálogo sui-generis, cheio de amor e desamor, com a obra de Alencar.

IERECÊ E *IRACEMA*
DO VERISMO ETNOGRÁFICO
À MAGIA VERBAL

Haroldo de Campos

Quando meu amigo Sérgio Medeiros — antropólogo dotado de fina percepção literária — falou-me de *Ierecê a Guaná* (1874), de Alfredo d'Escragnolle Taunay, e da intenção que nutria de republicar essa esquecida *novelletta* indianista, fiquei logo tocado pelo tema. Fui reler o capítulo da *Formação da Literatura Brasileira* (aqui reimpresso), no qual Antonio Candido se detém no exame desse "belo conto, o melhor de quantos (Taunay) escreveu"; relato que, segundo o crítico, estaria nos bastidores da "versão rústica da fatalidade amorosa" expressa em *Inocência* (1872). Em meus anos de juventude — anos adolescentes de formação, melhor dizendo — li extensamente a literatura brasileira, poesia e prosa (até o Simbolismo), bem como obras de história (de Frei Vicente do Salvador e Fernão Cardim a Varnhagen). Dessas leituras, copiosas mas pouco seletivas, desordenadas, a triagem do tempo se encarregou de fazer-me na memória uma sintética antologia do que nela deixou traços. Da prosa do Visconde de Taunay, desde logo, fixou-se-me o impressionante jornal épico representado por *La Retraite de La Laguna* (1871), *A*

Retirada da Laguna. Li-a na tradução de Ramiz Galvão, 1901 (o original fora escrito em francês), num volume encadernado em verde-garrafa, com o qual me presenteou meu avô materno, o circunspecto médico-sanitarista irlando-baiano Dr. Valentim Browne (volume, infelizmente, extraviado de minha biblioteca)[1]. Ficaram, ainda, algumas (boas) lembranças de *Inocência*, um romance-idílio digno de ser relido com olhos de hoje. Impressão mais forte e nítida restou-me, porém, de *O Declínio* (1899), romance de linha psicológica, "que escapou de ser bom" (Antonio Candido). Guardei de sua leitura uma lembrança de estranheza (antes no plano temático do que no de realização estética), algo que associei ao oscarwildeano *Retrato de Dorian Gray* (1891), pela singularidade (pelo menos entre nós) do motivo da decadência física subitamente revelada. No romance da última fase de Taunay, é claro, o retrato da personagem (feminina) que se sente, de improviso, no "declínio" da beleza, é pintado com cores e traços muito mais amenos e mitigados, sem o clima de terror "gótico" de que o extravagante irlandês, educado em Oxford, cercou o seu (no caso, pervertido) herói... *Ierecê a Guaná* escapou-me, embora tenha lido outras produções do visconde, entre as quais os romances *Mocidade de Trajano* (1871), *O Encilhamento* (1894), *Ouro sobre azul* (1875). Outro fator a despertar-me o interesse a propósito dos amores infelizes da indiazinha Ierecê foi a sugestiva proposta de Sérgio Medeiros, no sentido de se estabelecer um confronto entre o "romance-poema" *Iracema*, de Alencar, e o conto etno-indígena de Taunay, que parecia insinuar uma polêmica do segundo em relação ao "indianismo" do primeiro.

De nosso Indianismo romântico-apologético, não creio que muita coisa ainda resista ao olhar crítico-sincrônico de hoje. Sem

---

1) Reli recentemente *A Retirada*, na excelente edição organizada por Sérgio Medeiros (responsável também por nova tradução da obra), Companhia das Letras, 1997. Confirmou-se a primeira impressão que dela tive.

dúvida alguma, guardam sua importância poemas como o belíssimo "Leito de Folhas Verdes" — "cantiga de amigo indianista" (Manuel Bandeira), já percucientemente analisado por Antonio Candido, em cujo v. 18 brilha um tupinismo talismânico ("A *araçóia* na cinta me apertara"); assim também o esteticamente bem-logrado "Marabá", a partir do título assinalado por incrustações em língua tupi ("Cor d'*anajá*"). Das tentativas épicas gonçalvinas, o muito louvado poemeto *I - Juca-Pirama* (escrito entre 1848-51), mais do que o incompleto *Os Timbiras* (1847-1853-1861; a publicação dos quatro primeiros Cantos data de 1853), parece-me desgastado pela pátina do tempo. *I - Juca-Pirama*, com seus ritmos martelados (a primeira parte, em versos hendecassílabos, deixa-se marcar pelos acentos de hemistíquio — v.v. 5 e 11, além de reforços iterativos na 2ª sílaba; a parte II alterna versos decassílabos (acentos na 4ª, 8ª e 10ª) com outros de 4 sílabas, acentuados na última, com um efeito de refrão; a maioria (12) deles é oxítona na posição da rima (cauIM /festIM; estÁ /verÁ; fIM / festIM; estÃO / coraçÃO; fAZ / audAZ; vivEU / esmorecEU); os outros rimam paroxitonamente: hoRRENDO / moRRENDO; fORTE / mORTE (duas vezes); pENDE / ofENDE); a parte IV (Canto de morte do guerreiro) é toda em versos pentassílabos, acentuados no final oxítono ou paraxítono e valendo-se de um rimário banal; sem mais me alongar, friso que a versificação da parte VII (a última) repete o esquema rítmico-martelante da primeira. O poema segue convenções cavalheirescas européias (o índio-herói é uma espécie de "chevalier sans peur et sans reproche"). Convém lembrar que, ainda em 1852, quando redigiu *O Brasil e a Oceânia*, G. Dias só conhecia os índios mansos que vira em sua infância no Maranhão; dos selvagens e "bravos", que viviam nas brenhas, só tinha lembrança das lendas de altaneria e coragem contadas pela mãe, a mestiça Vicência, para distraí-lo. Esse livro, fruto da erudição cultivada em leituras de especialistas, é desprovido de qualquer observação direta. Isso só se altera no período de 1859-61, quando já estavam publicados os *Primeiros, Segundos e Últimos Cantos* e, em 1857, o *Dicionário da Língua Tupi*, compilado pelo poeta[2]. No aludido período, quando, na qualidade de chefe da seção etnográfica da "Comissão Científica de Exploração", empreendeu viagens que o levaram ao interior do Ceará, à Paraíba, ao Rio Grande do Norte e à Amazônia, alcançando Mariná no Peru, é que esse contacto direto pôde realizar-se, dando ensejo a estudos lingüísticos e à recolha de um valiosa coleção de objetos indígenas. No fundamental livro de Lúcia Miguel Pereira, *A Vida de Gonçalves Dias* (José Olympio, 1943, incompreensivelmente nunca reeditado), encontra-se, num apêndice, o "Diário de Viagem" do poeta-etnógrafo ao rio Negro (15.08-05.10.1861), até então inédito. Tudo isso endossa a consabida convicção de que o indianismo gonçalvino é pura idealização poética, sem embargo do alto patamar estético que atingem alguns de seus produtos, como no caso de "Leito de Folhas Verdes" e "Marabá". Quanto ao poemeto do indígena "morituro" (*I - Juca-Pirama* é a expressão tupi que tem essa acepção), parece-me que se enquadra no caso das baladas de Schiller de intuito épico-dramático e de tratamento retórico-eloqüente, mencionado por Otto Maria Carpeaux como exemplo de obsolescência poética, agravada, ademais, pela rotina das leituras escolares obrigatórias[3]. Antes a essa composição, na linha melodramática de certo romantismo heroicizante, do que a *Os Timbiras* (que responde a outro modelo de construção), parece-me referir-se a sátira demolidora, levada a efeito em termos paródicos por Bernardo Guimarães em seu porno-

---

2) Gonçalves Dias "não era versado nem no tupi, nem no nheengatu". Seu *Dicionário da Língua Tupi* "é uma mistura indiscriminada de todas as palavras tupis respigadas na gramática do Pe. Figueira, no *Vocabulário Português Brasileiro*, no *Dicionário Português e Brasiliano*, e em diversos manuscritos, sem distinção de região ou tempo e acrescida de alentada série de erros de cópia e impressão" (Frederico G. Edelweiss, *Estudos Tupis e Tupi-Guaranis*, Livraria Brasiliana Editora, 1969).
3) O.M. Carpeaux, *A Literatura Alemã*, Cultrix, 1964.

poema *Elixir do Pajé*, confinado a edições clandestinas, de larga circulação pelo menos em Minas Gerais, porém só estampado em anos recentes (depois da primeira edição marginal de 1875), a partir da década de 50[4]. A martelação rítmica fica manifesta na jubilante canção do velho pajé que, de impotente, passa a potentíssimo, graças a um demoníaco licor afrodisíaco:

> E ao som das inúbias,
> ao som do boré,
> na taba ou na brenha,
> deitado ou de pé,
> no macho ou na fêmea
> de noite ou de dia,
> fodendo se via
> o velho pajé!
>
> Se acaso ecoando
> na mata sombria,
> medonho se ouvia
> o som do boré,
> dizendo: — "Guerreiros,
> ó vinde ligeiros,
> que à guerra vos chama
> feroz aimoré" —
> assim respondia
> o velho pajé,
> brandindo o caralho,
> batendo co'o pé:...

Essa paródia derrisória cola-se já, indefectivelmente, como um anticorpo crítico-zombeteiro, ao cântico do índio condenado a morrer do poema gonçalvino:

---

[4] O ponto-de-vista que aqui exponho baseia-se exclusivamente na análise estilística, não obstante o fato de B. Guimarães ter endereçado críticas restritivas a *Os Timbiras*, em artigos de imprensa publicados em 1859. Quanto ao *Elixir do Pajé*, está hoje incluído na excelente coletânea, organizada e introduzida por Duda Machado, B. Guimarães, *Poesia Erótica e Satírica*, Imago, 1992.

"Meu canto de morte,
Guerreiros, ouvi:
Sou filho das selvas,
Nas selvas cresci;
Guerreiros, descendo
Da tribo tupi.
(...)
Sou bravo, sou forte,
Sou filho do Norte;
Meu canto de morte,
Guerreiros, ouvi.

Como já tive a ocasião de observar, também o projeto de uma *Ilíada Americana* era dessueto à época em que foi concebido e executado[5]. Mas pode ser resgatado por outro ângulo. Como no caso das *Sextilhas de Frei Antão* (dos *Segundos Cantos*, 1848), que o próprio autor explicitamente apresentava como "exercício filológico", por sua linguagem artificial, arcaizante, e pelos traços temáticos medievalistas deliberadamente adotados pelo poeta, *Os Timbiras* podem ser enfocados como um (não-assumido em termos explicativos) "exercício filelênico-retórico", inspirado no modelo das traduções odoricanas. G. Dias foi professor de latim e lamentava não conhecer grego ("Se eu contasse um pouco mais comigo — por outra se eu soubesse grego e alemão...")[6],

---
5) Cf. Haroldo de Campos, "Iracema: Uma Arqueografia de Vanguarda" (1981), *Metalinguagem e outras metas*, Perspectiva, 1992.
6) O alemão, G. Dias estudou-o nos anos 1843-44, familiarizando-se então com poetas dessa língua (cf. Fritz Ackermann, *A Obra Poética de Gonçalves Dias*, Conselho Estadual de Cultura de S. Paulo, 1940). O grego, nunca chegou a estudá-lo, mas a nostalgia "filelênica" perdurou. Assim, em 3.05.1864, ano de sua morte, ao traduzir o poema "Possêidon" de Heine, como que se deixa subsumir na "persona" do poeta alemão, ao cantar: "...tranqüilo / Sentava-me eu nas dunas alvejantes / Na solitária praia / A ler os cantos da *Odisséia*, os carmes / Antigos, mas eternamente belos / D'imortal juventude, e dessas folhas / Do salitre das ondas salpicadas / Subia-me risonho / O hálito dos Deuses, / A primavera esplêndida da vida, / E do Helas o céu resplandecente". Com Odorico Mendes, no mesmo ano de 64, o poeta fez malogrados planos de regressarem juntos ao Maranhão, em veleiro econômico, "poeticamente a ler Homero pelo mar em fora." (L.M. Pereira).

era um romântico dentro do qual "existia o embrião de um clássico" (L.M. Pereira); na última vez em que se pronunciou teoricamente sobre literatura (carta de Lisboa, de janeiro de 1864, a A.H. Leal), resumiu em quatro pontos as suas concepções; o 3º rezava: "Que se estudem muito e muito os clássicos, porque é miséria grande não saber usar das riquezas que herdamos". Tudo isso explica a admiração — quase veneração — que nutria por Odorico Mendes, o nosso grande e tão injustamente negado patriarca da tradução criativa, cuja greco-latinização do português na versão dos poemas homéricos, (desde o "prelúdio" latino, da *Eneida* e do *Virgílio Brasileiro*, ambas essas obras publicadas em Paris, a primeira em 1854, a segunda em 1858), só me parece comparável em radicalidade às de Voss, o *Homero alemão*, que grecizou sua língua e trouxe de novo à circulação numerosos arcaísmos esquecidos. Dizia Gonçalves Dias do conterrâneo, que conhecera pessoalmente no Rio de Janeiro e com quem depois conviveria em Paris, para onde Odorico se transferiria com a família a partir de 1847: "De todos os chamados poetas, Odorico creio que tem gosto mais apurado e juízo mais seguro e são, de quantos aqui estamos no Rio de Janeiro (...) O seu caráter é nobre e independente (...) Haveremos de ser amigos por amor da arte." Em 1863 registrou mais uma vez sua admiração pelo amigo maranhense, que o estimava como a um filho, e com quem entretinha uma relação de discípulo a mestre: "Odorico é um grande mestre da língua portuguesa; não sei quem a maneje melhor, quem seja mais variado, mais enérgico, mais conciso do que ele. Após Filinto, ninguém terá levantado um brado tão alto em favor da pureza da linguagem. Esta só diferença entre os dois — é que Odorico metrifica como um rei."

A comparação entre a técnica de tradução odoricana das epopéias clássicas e a de G. Dias em sua (inacabada) *Ilíada Brasileira*, não pode caber aqui extensivamente (penso desenvolvê-la à parte, na base de notas que já tomei). Assinale-se, porém, desde logo, que G. Dias vincula-se ao legado de Odorico desde a metrificação decassilábica até ao uso da retórica formular[7]. Assim, na estrutura dos símiles; nas harmonias imitativas e onomatopéias; na cinética descritiva das lutas; nas metáforas fixas ou epítetos épicos (Itajuba, "fabricador das incontáveis lutas"; Jucá, "de fero aspecto"; Jacaré, "senhor dos rios"), a culminar num tipificado "catálogo" homérico (canto I, v.v. 253 a 281); nas fórmulas de encerramento de discurso ("Disse" — seguindo-se o desdobrar de um símile — "e como o condor, descendo a prumo / Dos astros, sobre o lhama descuidoso, pávido o prende nas torcidas garras, / E sobe audaz onde não chega o raio"; C. I, 128-132; no "apego às formas arcaicas" (M. Bandeira); na sintaxe muitas vezes hiperbática; em certos compostos à maneira

---

[7] Não parece cabível que G. Dias ignorasse o labor em progresso de Odorico Mendes quanto à *Eneida Brasileira*, publicada em Paris, em 1854, e reeditada em 1858, sob o título *Virgílio Brasileiro*, passando a incluir as demais composições do poeta latino. Odorico só pudera consagrar-se inteiramente à sua empresa depois que se transferira para a França, em 1847, mas dela já se ocupava há anos, nos momentos livres de sua carreira política (J.F. Lisboa, "Biografia de Odorico Mendes", 1862). Gonçalves Dias, durante sua estada no Rio, em 1846, estabeleceu uma duradoura e quase filial amizade com seu conterrâneo. Mais tarde, pôde conviver com ele em Paris. Como se sabe, o poeta indianista, depois dessa data, esteve na Europa por duas vezes: entre 1854 e 1857 (em 1856, em casa de Odorico, teve a oportunidade de ouvir a leitura de *A Confederação dos Tamoios* por D.J. Gonçalves de Magalhães) e de 1862 a 1864 (ano da morte de ambos os amigos). Os primeiros quatro *Cantos* de *Os Timbiras* (únicos publicados) foram editados em 1853, pelo Livreiro Brockaus, de Dresden. Em torno de 1859, Odorico já havia terminado a *Ilíada* e, imediatamente a seguir, se lançara à versão da *Odisséia* (ambas só estampadas em edições póstumas, de 1874 e 1929, respectivamente, embora já estivessem "concluídas e polidas" antes de 1864). Sabedor de que o conterrâneo tinha pronta a *Ilíada* e a finalizar-se a *Odisséia*, G. Dias "lançou-se a uma generosa campanha, a fim de obter que se editasse a Província do Maranhão" (L.M. Pereira). Quando da morte súbita do amigo, empenhou-se o poeta, com êxito, em salvar-lhe os manuscritos (idem). Atente-se, ademais, ao fato de que G. Dias só começara a trabalhar no projeto de sua *Ilíada Brasileira* em 1847, retomando-o em 1856. Embora A.H. Leal, amigo e correspondente do poeta, se mostre persuadido de que, por volta de 1861, os dezesseis *Cantos* de Os Timbiras já estariam prontos (o que deu margem à suposição de que os originais respectivos se teriam perdido no naufrágio de 64), o fato concreto é que só vieram à luz aqueles quatro *Cantos* da edição Brockaus.

greco-latina ("onça bicolor", "tronco rudo-lavrado", "o bipartido arco"). Nesse sentido, *Os Timbiras* são, no fundo, um exercício tradutório, a transladação de um *modus operandi*, pois G. Dias transpôs a dicção épica odoricana em temática e imagética de idealização indígena. Da abertura invocativa, de cunho virgiliano e camoniano ("Os ritos semibarbáros dos piagas (...) As festas, e batalhas mal sangradas / Do povo Americano, agora extinto, / Hei-de cantar na lira...", até à presença dos "manitôs", fazendo as vezes dos deuses olímpicos ("Primeiro ambos de longe as setas vibram; / Amigos manitôs, que ambos protegem, / Nos ares as desgarram; C. I, 80-83); dos néstores, sapientes conselheiros (Ogib, "de conselho valioso e prestante"; o forasteiro, orientador dos Gamelas, "forte, sábio, velho e experiente"), até à figuração de um herói, forte entre os fortes, Jatir "dos olhos negros", que prefere a solidão das brenhas ao combate, numa reminiscência aquiliana adaptada ao contexto; da descrição do arco de combate do cacique Gamela (C. I, 458-459), lembrança indubitável dos trechos homéricos sobre o escudo de Agamêmnon e sobre o de Aquiles[8], à presença de *Hýpnos*, transmudado em "piaga merencório", a discorrer sobre os sonhos que descem de Tupã; o caso do sonho de mau agouro de Japeguá, "corajoso, mas prudente" (C. I, 109-120; C. III, 357 et sq.). Dentro das convenções épico-retóricas dessa anacrônico-ex-temporânea *Ilíada* tupinizada (em si mesmas sugestivas pelo modo translativo como G. Dias, via Odorico Mendes, a elas adapta seu "epos" inconcluso), engastam-se momentos de cintilante beleza: "Talvez também nas folhas qu'engrinaldo / A acácia branca o seu candor derrame / E a flor do sassafrás se estrele amiga" (*Introdução*, v.v. 58-60). O efeito encantatório resulta aqui de retomada anagramática de

---

8) Na *Eneida*, à imitação de Homero, encontram-se "catálogos épicos" (*O.M.*, C. VII, 646-825; X, 163-214), bem como elaboradas descrições de armas e escudos (de Turno e Enéias, respectivamente: C. VII, 790-800; VIII, 625-731).

AcÁCIA em SASSAfRÁS e da projeção em CANdOR de bRANCA e (em eco) flOR, além da variação na paleta semântica dos sinônimos: "branca" e "candor".

Num outro pólo — superior e precursoramente moderno — situa-se, já como exemplo de "indianismo às avessas", o desabusado inferno orgiástico do *Tatuturema* sousandradino, sarabanda amazônica de índios degradados, padres corruptos e brancos predadores sob o signo de Jurupari[9], na linha da *Walpurgisnacht* romântica do *Fausto* de Goethe, quebrada em rápidos recortes satíricos multilingues (tupinismos abundam) e vertiginoso ritmo de montagem paracinematográfica.

Mas, passando para a prosa, há de fato nesse domínio uma culminação: *Iracema* (1865) de José Alencar. Melhor dizendo, num domínio intersticial, pois o breve romance da "virgem dos lábios de mel" é "transgenérico", abole os limites entre prosa e poesia, é um *prosa-poema*. Já estudei circunstaciadamente essa pequena "obra-prima" no ensaio: "Iracema: Uma Arqueografia de Vanguarda", em 1981 (hoje em *Metalinguagem e outras metas*, Perspectiva, 1992). Ao contrário do que afirma arrogantemente Roberto Schwarz, com seu olho de medusa, a respeito da obra alencariana (*Ao Vencedor as Batatas*, 1977), não há em *Iracema* "um quê descalibrado e, bem pesada a palavra, de *bobagem*" (*sic*). Antes — como já o dizia Augusto Meyer, em seu juízo lúcido e sereno: "Bastaria *Iracema* para consagrá-lo o maior criador da prosa romântica, na língua portuguesa, e o maior poeta indianista" (*A Chave e a Máscara*, 1964). Já antes dele — primeiro de todos — o proclamara Machado de Assis: "O livro

---

9) Cf. Augusto e Haroldo de Campos, *Re/Visão de Sousândrade*, Edições Invenção, 1964; 2ª ed., Nova Fronteira, 1982. *Sousândrade - Poesia*, Agir, "Nossos Clássicos", n. 85, 1966; 3ª ed., 1995.

do Sr. José de Alencar é um poema em prosa (...) Há de viver este livro, tem em si as forças que resistem ao tempo, e dão plena fiança do futuro (...). Poema lhe chamamos a este, sem cuidar de saber se é antes uma lenda, se um romance: o futuro chamar-lhe-á obra-prima" (*Diário do Rio de Janeiro*, 23.01.1866). Na mesma esteira machadiana vão Antonio Candido, Cavalcanti Proença, Alfredo Bosi, por exemplo.

A pervivência (*Fortleben*, no sentido benjaminiano) da "lenda do Ceará" cantada por Alencar, projetando-a para o futuro (como vaticinara Machado), se manifesta na influência que acaba tendo no *Macunaíma* (1928) de Mário de Andrade e no *Meu Tio, o Iauaretê* (1961; *Estas Estórias*, 1969), de Guimarães Rosa, não apenas na tupinização da linguagem mas, em especial, na construção da personagem Maria-Maria, onça-fêmea cobiçada por sua beleza pelo onceiro-onça, Tonho Tigreiro, que mostra zelos de macho por sua tigresa...

Por isso mesmo, o confronto instigadoramente sugerido por Sérgio Medeiros deve ser levado a efeito com cautela, sem tributo à "ilusão filológico-verista", já avançada pelo tupinólogo Frederico G. Edelweiss. Segundo esse especialista, com os "recursos precários e falazes" de que dispunha Alencar, "a ninguém é dado atinar com genuínos termos tupis, únicas formas aceitáveis no ambiente das tribos não aculturadas, em cujo meio se desenrolam as cenas do romance *Iracema*, e que, por esse motivo, já peca no título". *Eirembé* — ficamos sabendo — seria o composto onomástico apropriado, em lugar de *Iracema*... Por aí já se pode avaliar o abismo de incompreensão e a surdez estética que a pesquisa (por abalizada que o seja) do tupinólogo — respeitável e necessária no plano científico restrito — acaba por engendrar, quando se enfrenta, com ânimo corretivo, às belas realizações, no plano poético, do tupinista-amador, do pseudo-tupinólogo, mas grande poeta indianista José de Alencar.

Taunay, ancorado em sua experiência de sertanista, ganha nas contingências da vida militar; curioso de etnografia e lingüística indígena a ponto de elaborar um *Vocabulário da língua guaná ou chané* (reproduzido neste volume), não deixou também, em tom educadamente contestatório, de registrar que o pai de *Iracema* "não conhecia absolutamente a natureza brasileira, que tanto queria reproduzir, nem dela estava imbuído." O romancista cearense, para o sertanista franco-brasileiro e engenheiro-militar Taunay, era um indianista de gabinete (não o era também Mário de Andrade à época do *Macunaíma*?), buscando suprir com leituras a falta de conhecimento *de visu* próprio.

Apesar disso, *Ierecê a Guaná* não resiste à comparação com *Iracema*, "lenda do Ceará", em termos de realização estética.

Em Ierecê — nos antípodas de *Iracema* — o tom é quase sempre o de "diário de viagem", um relato documental, com passagens lírico-paisagísticas (não dominantes). Por fluente que seja, e capaz de despertar legítima curiosidade no leitor, não ultrapassa, senão de raro em raro, esse diapasão viajeiro-documental. O oficial engenheiro, de pendor turístico, Alberto Monteiro (até certo ponto uma "persona" do jovem Taunay: ALbERtO / ALfREdO), em missão no interior do país, propõe-se aproveitar o tempo que lhe sobra para conviver com "os amáveis aborígenes matogrossenses" e, assim pilhar "la nature chez elle". De fato, vitimado no trajeto por uma febre bastante violenta, Alberto — que ia em direção ao vilarejo de Nioaque — opta por desviar-se e tomar uma "trilha rápida" e acaba dando numa "abertura", cortada por um "córrego encachoeirado", cujas águas cristalinas acompanhavam "densa e dupla orla de buritis e taquaruçus". Tem-se aqui um exemplo, na prosa do relato do visconde, no qual ocorre nítido esforço de estilização, resultando num belo sintagma pictórico. Sublinham-no: a aliteração — Densa / Dupla; o apoio de tipo reiterativo — dupLA / orLA; a entressoante inscrição de nomes indígenas de plantas — bURiTIS / TaquaRUÇUS. A função desse elaborado sintagma consiste em preparar a apresentação do *locus amoenus* paradisíaco-evasivo da idealização tanto clássico-arcádica, quanto romântico-exótica:

Não se podia encontrar retiro mais lindo, situação mais aprazível e sossegada. — Que belo canto do mundo para a gente viver tranqüila e esquecida, exclamou Alberto.

Logo os viajantes — o engenheiro e seu guia, o soldado Floriano — topam com a morada do velho Morevi, quiniquinau "mandingueiro". Este, "nu da cintura para cima", vestindo "uma espécie de saia toda ornada de vidrilhos e contas de cor (...) o rosto o pescoço e o tronco sarapintados de desenhos e cortados de linhas vermelhas e pretas feitas com suco do urucu e do jenipapo" — sinais que "nem de leve modificavam(-lhe) a expressão natural de timidez e bondade" —, recebeu-os "com a maior benevolência". Ao saber que o jovem capitão "pretendia ir até a aldeia e curar-se de sezões", Morevi prorrompeu a dizer em seu idioma:

— Quaxanó! (...) carineti tchikiiti.

Ou, como explica o "antropólogo" Taunay: "Coitado! Está doente de febre..."; isso depois de embutir no seu raconto a transcrição da fala índia, como aval da "veracidade" do registro. A "catadupa de palavras quase sem nexo, umas em seu idioma, outras em português estropiado", que Morevi, logo mais, iria proferir, manifestando sua gratidão pelo "punhado de sal" ("preciosidade inestimável"), recebido "em paga de sua amabilidade" no providenciar a acomodação dos dois viajantes — esse escachoante fluxo de fala o escritor-etnógrafo não se preocupou em retê-lo, em lhe dar configuração estética de glossolalia "estranhante", como, em nosso pós-modernismo, seria capaz de fazer Guimarães Rosa, com seu ousado senso poético experimental, no rugido entrecortado e súplice do onceiro-onça sobrinho do Iauaretê...[10]; ou como, antes, em *Iracema*, num outro sentido — dessa vez cinético-encantatório — Alencar, ao dispersar, a partir de um paradigma sonoro "tupi" ou "tupinizado", reverberações anagramáticas ao longo de seu idílio indianista ("RápIdA EMA / IRAcEMA, etc.), procurara como que imitar uma suposta melopéia aborígene.

A entrada em cena de Ierecê, neta de Morevi, por ele anunciada "com olhos brilhantes de orgulho", é assim descrita:

> Vinha se aproximando uma mulher de altura regular e porte elegante. Ao chegar à corrente abaixou-se e encheu vagarosamente uma vasilha de carregar água que trazia à cabeça, assente em volumosa rodilha. Depois adiantou-se sem acanhamento, acostumada como estava a ver gente de Miranda na aldeia dos índios seus patrícios.
> Trazia todo o corpo embrulhado num pano alvíssimo, a que chamam *julata* e que, preso por volta muito apertada logo abaixo dos seios, desce até aos calcanhares, e mostrava ter quando muito quinze anos, idade da plenitude de mocidade e beleza naquelas localidades em que o desenvolvimento da puberdade, já de per si precoce, é quase sempre apressado.
> Seu rosto de formosura singular houvera em qualquer parte do mundo prendido as vistas. Se a fronte era estreita, os olhos um tanto oblíquos e as sobrancelhas pouco arqueadas, em compensação os cílios compridos e bastos faziam realçar o brilho dos negros íris; o nariz tinha uma retidão caucásica; os lábios pareciam tintos de carmim e a cabeleira negrejante, bem que áspera, espargia-se por um colo e seios admiráveis de contorno e de pureza. Para completar o tipo de uma bela moça nem se-

---

10) Cf. H. de Campos, "A linguagem do Iauaretê" (1962), hoje em *Metalinguagem e outras metas*, cit.

quer lhe faltavam pés e mãos de uma pequenez e delicadeza dignas de cuidadosa atenção.
A tez, muito lisa e fina, na cor aproximava-se à do chocolate desmaiado em leite, tão desmaiado que quando qualquer impressão mais viva ia entender-lhe com o coração, as suas faces se acendiam vivas de rubor.

Ao retrato da índia não faltam belos traços ("A tez, muito lisa e fina, na cor aproximava-se à do chocolate desmaiado em leite..."), mas o toque "verista", quase a modo de laudo "etno-médico", também interfere, quebrando o encantamento poético ("e mostrasse ter quando muito quinze anos, idade da plenitude de mocidade e beleza *naquelas localidades em que o desenvolvimento da puberade, já de si precoce, é quase sempre apressado*"; ou então "pés e mãos de uma pequenez e delicadeza *dignas de cuidadosa atenção*"). Essa notação, por vezes do tipo "ficha anatômica", das características de uma indiazinha de "nariz de uma retidão caucásica" e "cabeleira negrejante", se comparada à introdução de *Iracema* no palco alencariano (alegadamente "pseudo-tupi"...), pode ganhar em exatidão antropológica, mas perde de longe — de muito longe — em termos de qualidade estética (não importando o quanto haja em *Iracema* de "fictício": já sabemos, com Fernando Pessoa, que o poeta, por definição, é um "fingidor"...). Confira-se:

> Além, muito além, daquela serra, que ainda azula no horizonte, nasceu Iracema.
> Iracema, a virgem dos lábios de mel, que tinha os cabelos mais negros que a asa da graúna e mais longos que seu talhe de palmeira.
> O favo da jati não era doce como seu sorriso, nem a baunilha recendia no bosque como seu hálito perfumado.
> Mais rápida que a ema selvagem, a morena virgem corria o sertão e as matas do Ipu, onde campeava sua guerreira tribo, da grande nação tabajara. O pé grácil e

nu, mal roçando, alisava apenas a verde pelúcia que vestia a terra com as primeiras águas.

Nessa jóia lírica alencariana, tudo releva: a cuidadosa escolha fono-lexical, que, por exemplo, faz com que IRAcEMA se espelhe em vIRgEM (precedido esse revérbero pela iteração do advérbio locativo: "AlÉM, muito AlÉM...") e ressoe, dois períodos adiante, como um *Leitmotiv*, em RápIdA EMA / SElvAgEM / MoRENA (o N consonântico compensando o M da sílaba final) / vIRgEM...; que permite harmonias na vertical: AZUlA / ASA (...) — grAÚNA, regidas pela vogal velar tônica Ú (como depois: GRÁcil / GRAÚNa / NU; mas também: peLÚCIA / grÁCIL; sem esquecer o topônimo IpU, ("matas de Ipu"); que leva, ainda, ao estratégico posicionar de botanismos: *jati* (tupinismo), baunilha, ressaltados por assonâncias: "favo da jati" / "baunilha (...) hálito" (baunILHA / HÁLIto / jATI / hÁlITo); ao sutil balanceio de sintagmas: "talhe de palMEIRA" / "gueRREIRA tribo", "grande nação (tabajArA)" / "PRIMEIRAs ÁguAs", enquanto se ouve percutir a rima em eco: "sertÃO" / "grande naçÃO". Tudo isso compõe um soberbo exemplo de orquestração de palavras que, semantizando-se reciprocamente, enfatizam o tema descritivo.

Num outro plano, considere-se o culminante momento dramático-erótico do livro-poema de Alencar, no qual a índia tabajara, sacerdotisa consagrada a Tupã, filha do pajé da tribo, transgride o tabu da virgindade e os interditos de sua grei; embebeda o guerreiro português com o sacro "licor da jurema" de que é custódia, e o "possui" carnalmente (a iniciativa do enlace amoroso é de Iracema, já que Martim, cristãmente recatado e dotado de pudores cavalheirescos, só se deixa levar à consumação do ato na embriaguez semiadormecida da droga que a índia lhe ministra). Essa dimensão erótica é neutralizada e como que prosaicamente rasurada no "conto extenso" de Taunay. Na realidade documental do relato, é o próprio avô Morevi, espécie de cacique-pajé decadente, que se encarrega de oferecer a menina guaná ao desfrute do jovem capitão: abre-lhe a mão destra e coloca nela a "delicada mão da neta", enquanto engrola palavras de um conjuro ritual, com os olhos semicerrados. Isso, depois de ter perguntado "com alguma pausa e gravidade" ao moço branco "se ele queria Ierecê para sua mulher..." Quanto à indiazinha, esta, indiferente, só tinha olhos:

> (...) para o colar de contas de ouro que no seu peito os últimos raios do sol iluminavam de pontinhos luminosos como que a desferirem chispas, que lhe aguilhoavam a feminil vaidade.

Aqui Taunay descai de tom, recorrendo a uma frase feita ("feminil vaidade"), contrapeso de torneio lusitano, a empanar o efeito mágico de luminosidae que vinha sendo obtido. Taunay reincide nesse vezo o castiço, recorrendo ao vocábulo "venustade" para frisar a beleza da menina guaná.

Compara-se, agora, o banho de Ierecê:

> A paisagem que o cercava era restrita, mas amena. Densa cintura de mata virgem limitava logo o horizonte; em compensação, porém, os olhos eram obrigados a parar demoradamente nos grupos de buritis e taquaruçus que acompanhavam o percurso do córrego e que mais se condensavam em torno de uma bacia larga e natural em que as águas se espraiavam sobre um fundo de areias prateadas.
> Aí era o banho de Ierecê.

com a cena antológica do banho de Iracema:

> Iracema saiu do banho; o aljôfar d'água ainda a roreja, como à doce mangaba que corou em manhã de chuva.

Enquanto repousa, empluma das penas do guará as flechas de seu arco; e concerta com o sabiá da mata, pousado no galho próximo, o canto agreste.

O ouvido jubila: alJÔfAR / ROReJA / cOROu; ÁguA / mAnGABA / GArÁ / GAlho / AGreste; enquANTO / cANTO; chUvA / emplUmA; rePOUSA / POUSAdo; guarÁ / sabiÁ / mAta (rimas de vogal tônica). Os harmônios em dispersão sublinham a sensualidade encantadora desse extrato quase-ovidiano, abrasileirado no "tupilírico" dialeto de Alencar.

Outra cena complementar em Taunay é a do banho coletivo e da dança de Ierecê e das três índias *quiniquinaus*, "belas raparigas, vestidas com a tradicional *julata* que lhes deixava descobertos os seios empinados. O tipo era o mesmo que o de Ierecê; mas esta, no meio das companheiras, parecia uma deusa cercada de ninfas". A cena, apesar da tirada mitológica, é sugestiva e elaborada, no que diz respeito à festiva dança indígena. Serve-lhe de moldura uma delicada vinheta paisagística, das mais bem acabadas do "conto". Taunay, afinal, era inclinado à pintura, até por herança familiar, embora a sua descrição não deixe de exibir evidente contaminação de traços alencarianos:

> Uma noite, o luar era brilhante: tudo resplandecia de luz branca e azulada.
> A mata, ao redor, formava uma linha escura, e o ribeirão parecia desdobrar-se em lâminas de prata. Pontos cintilantes coroavam a folhagem compacta das palmeiras, por entre cujos troncos a luz, coando vivamente, estendia pelo chão compridas sombras que semelhavam colunas derrubadas por terra.

A partitura fônica, bem entramada, pontua aqui, como em *Iracema*, o desdobrar semântico-visual das imagens: LUAR / LUZ / AZULAdA / escURA; / mATA / PrATA / comPAcTA; LÂMI-

NAS / CINtILANteS; COMPActa / COANdo / COMPridas, e mesmo sOMbras/COlunas; como que repuxando um *Leitmotiv*, coLUNAS ainda remete à série sonora iniciada com LUAr. Por seu turno, os símiles: "o ribeirão parecia (desdobrar-se em) lâminas de prata" e "compridas sombras estendidas pelo chão (que) semelhavam colunas derrubadas", têm tudo a ver com a estética do "como" comparativo, característica de *Iracema*[11].

Tendo expresso o desejo de se dedicar à antropologia, nem por isso o "artista-pintor" que havia dentro de Taunay refreava o impulso de, uma vez ou outra (como se estivesse seguindo o exemplo tutelar do naturalista-poeta Alexander von Humboldt), debuxar esboços paisagísticos, mesmo de maneira esteticamente convencional:

> De uma e outra banda estende-se vistoso o cerrado: há muito *umbu* que embalsama os ares com a fragrância de suas flores, grande cópia de *jataís*, cujos frutos amarelo-avermelhados são tão bonitos, e de *mangabeiras* que nos meses de dezembro e janeiro vergam ao peso de saborosos e rubicundos pomos.

Ainda que recorrendo a botanismos de origem indígena, a marca indelével do sintagma "rubicundos pomos", lusitanismo culto, estampa-se no trecho. Já descrição de cenários montanhosos evoca outros ecos: "campos ondeados" a subir como "gradis de um gigantesco anfiteatro"; uma "altanada serra, coroada de píncaros escalvados e talhados de um modo tão surpreendedor quão grandioso"; a serra de Maracaju que "em alguns pontos parece lavrada pela pela mão de caprichoso gênio empenhado em imitar com proporções colossais castelos, baluartes e outras construções que também com pedra levantam os fracos mortais."

---

11) Cr. H. de Campos, "Tópicos (fragmentários) para uma topografia do *como*" (1981), *Metalinguagem e outras metas*, cit.

Essas imagens hiperbólicas mais parecem inspiradas no expoente do romantismo português Alexandre Herculano, muito admirado no Brasil (Gonçalves Dias tinha por ele a maior reverência). Refiro-me às andanças fragosas do "gardingo" Eurico, monge-cavaleiro godo-hispânico, pelos "cimos piramidais do Calpe" ou "pelos cerros quase inacessíveis que se elevam no extremo oriental da Galécia"; alturas "que são como a base irregular das montanhas, como o pedestal comum daqueles obeliscos da criação", enquanto, por sua vez, "cabeços negros" pareciam-lhe (ao imbatível "cavaleiro negro") "debruçarem-se no cimo dos despenhadeiros, como para o verem correr". Alexandre Herculano, ressalte-se, não sabia como definir o seu *Eurico, o Presbítero* (1843): "crônica-poema, lenda ou o que quer que seja".

Mas voltemos à cena do banho das moças indígenas e à questão do registro erótico no texto de Taunay. Ao banho propriamente dito, reservou o narrador apenas uma breve notação:

> Acabada a ceia, foram todas ao córrego e banharam-se com grande e festivo ruído.

Nenhum vislumbre de corpo nu sensualiza a cena. O bailado é reportado com mais demora e sugestividade. Ritima-o o avô-pajé com batidas de um "tambor de pele de anta" e uma "canção de andamento vivo". A toada parece "monótona" ao narrador mas, observando a coreografia primitiva, Taunay ousa uma nota mais solta, não refreada por sua pudicícia etnográfica: ressalta o "calor" e a "vivacidade" dos "gestos elegantes e posições voluptuosas, quase lúbricas, das bailarinas". Mas fica nisso. Quanto ao par Ierecê / Alberto, o contacto sexual entre ambos é como que posto entre parênteses, sugerido por omissão. Da indiazinha guaná diz o narrador, logo no início, que, "apenas foi avistada por Alberto, ocultara com modéstia os seios" (certamente os trazia desnudos como as três quiniquinaus de "seios pequenos e empinados"); deixa, ainda, expressa a "rebeldia" com que os "seios da guaná" repeliam-lhe a "camisinha alva que lhe caía dos ombros". O convívio erótico do casal é discreta e indiretamente figurado. Assim, quando Ierecê, para melhor desfrutar do efeito que causara sobre as companheiras o gesto de Alberto, ao preferi-la a qualquer das três quiniquinaus, manda-as dormir não em sua choupana, antes na do avô (este, por sua vez, dorme ao relento...). Em outra passagem, a insinuação de intimidade, transpirando abandono contemplativo, a que se entrega o casal de amantes:

> (...) quando, deitados ambos sobre a relva diante da choupana, viam o sol se esconder por detrás das matas.

Reservado nessa questão, Taunay guarda todo o seu detalhismo para as prendas não sexuais de Ierecê; para descrever a presteza e sagacidade com que ela se desdobrava no afã de agradar Alberto, ao qual considerava um ente superior, a quem devia obediência cega, mesmo sabendo que lhe servia de "mero passatempo". Essa devoção traduzia-se, por um lado, na renúncia a alguns hábitos nativos que o engenheiro não via com bons olhos (a pintura do rosto e dos braços com urucu e jenipapo; o vezo de "cuspinhar" amiúde e comer "rápida e vorazmente"); por outro, em conservar o que ao moço branco parecia "bom e poético" (enfeitar-se com "capelas de colares de flores", ornar-se com um penacho, diariamente renovado, de "elegante palma" ou de "folha de samambaia mimosa"; resumindo, em oferecer a seu amado "uma combinação de cuidados graciosos e lembranças felizes", no "desejo de tornar-se agradável e benquista" perante ele). Tão submissa se mostra a índia nessa sua conduta prestativa, que chega a oferecer a Alberto uma das quiniquinaus, pretendendo que, por mais formosa, a companheira merecia tomar-lhe o lugar junto ao moço branco.

Que diferença entre esse comportamento manso e subalterno da nativa antropologicamente "verídica" de Taunay e o modo de agir da Iracema imaginada por Alencar! A selvagem em estado de natureza, mulher espontaneamente livre, que não tem peias na exteriorização de seus desejos! Que droga o guerreiro português, castamente relutante devido a seus padrões de honra, e o faz possuí-la no abandono do semiadormecer. Consumado o enlace na rede nupcial, Iracema — sempre espontânea — vai lavar-se nas águas de um riacho, cena que chocou o prógono do "naturalismo regionalista" entre nós, Franklin Távora, como sendo "da mais deslavada materialidade". Reação semelhante teve D. Pedro II diante de outro retrato feminino pintado por Alencar, o da cortesã Lucíola, "tão licenciosamente realista", na opinião alarmada do Imperador. De fato, na corda tensa da liberdade erótica feminina, dois são os extremos aos quais Alencar tudo permite: a selvagem não aculturada, à margem da moral cristã, e a prostituta, à margem da norma social (Lucíola vinga-se dos seus algozes, os endinheirados figurões que a corromperam e dela desfrutam, valendo-se do desenfreio erótico com que, de certa forma, os cativa, fustiga e pune).

Ierecê, a guaná aculturada de Taunay, que fora batizada e iniciada na religião cristã por um "virtuoso capuchinho"; que, mesmo deslembrada dos ensinamentos recebidos, não esquecia de persignar-se ao despertar e ao deitar-se, está mais próxima, no debuxo do visconde, da Atala de Chateaubriand, índia conversa, pia, submissa à moral cristã e por esta reprimida, do que de Iracema, a selvagem indomada e transgressora, que subjulga eroticamente o seu homem no fogo de sua paixão de "tigresa".

As cenas finais, do enlanguescer e definhar, até à morte por amor, da infeliz Ierecê, quando o capitão-engenheiro Alberto vê-se na contingência (e no desejo íntimo) de retornar à civilização, de fato são tocantes e apresentadas com singeleza e emoção. Podem ser confrontadas, quase passo a passo, com aquelas que pintam o destino semelhante de Iracema, abandonada por Martim.

Compare-se o desfecho de ambos os relatos:

Morte de Ierecê
Afinal chegou a hora da partida.
Ierecê foi até o porto do rio Miranda e deitou um olhar de cólera concentrada para o navio que lhe roubava o amante.
Parecia, contudo, calma.
Alberto, não querendo chamar sobre si a atenção da gente que acudira a ver o embarque, ocupava-se ativamente de suas cargas; antes porém de saltar na canoinha que o ia levar ao *Alpha* já sobre rodas ao meio do rio, chegou-se a Ierecê, apertou-a no peito rapidamente mas com força e, retendo a custo as lágrimas, depositou-a nos braços de Morevi.

Ela tinha perdido os sentidos, e quando uma filha das selvas e da inculta natureza desmaia, é que a dor a esmagou com mão de ferro num paroxismo horrível; é que seu coração estalou numa contração de agonia e sua alma entrou em dúvida se era ou não chegada a hora de sair daquele corpo para ir buscar outro mundo, outros destinos.

Cinco meses depois de sua chegada ao Rio de Janeiro, Alberto Monteiro recebeu da mala de Cuiabá uma carta extensa que, datada da vila de Miranda, logo às primeiras linhas o abalou fortemente.

Era João Faustino.

"Meu amigo," dizia ele, "as minhas previsões foram infelizmente errôneas. Ierecê, a bela virgem do Agaxi, já não existe.

"Pouco tempo depois dela sair daqui, tive necessidade de chegar ao Lauiad e como o desvio da estrada era insignificante, fiz uma visita ao vale de Hetagati.

"Nem de propósito. Vinha eu assistir à morte daquela bela criatura. Quando assomei à porta do seu rancho, ela deu um grito de júbilo e, reconhecendo-me logo, fez gesto de querer levantar-se da rede em que estava deitada.

"Sua magreza era extrema.
"Fiquei tanto mais surpreendido, quando ela se mostrara, à saída da vila, tranqüila e resignada.
"— Unái volta? perguntou-me ela com ansiedade que me cortou o coração.
"Julguei de caridade mentir.
"— Ele me mandou dizer que já tinha partido do Rio de Janeiro.
"Um sorriso melancólico entreabriu-lhe os esbranquiçados lábios, e os seus olhos empanados ainda puderam fulgir.
"Depois não disse mais palavra.
"Perguntei ao velho Morevi como chegara Ierecê àquele estado em tão curto prazo. Contou-me então que desde a volta ao Hetagati, a sua neta não quisera ou não pudera mais nem dormir nem tomar alimento. Uma tristeza sombria a acabrunhava, e febre surda mas contínua lhe minava as fontes da vida. Debalde, como feiticeiro, conferenciara ele com o acauã; debalde, como sarcedote, cantara noites seguidas; debalde, como médico, chupara o lugar em que batia o coração para ir cuspir numa cova distante o terrível mal — a nada cedera a moléstia mortal.
"— O português, disse-me em voz baixa Morevi, levou a alma dela.
"Observei Ierecê: poucas horas tinha que viver.
"Estava como que adormecida, arfando um pouco. De vez em quando parecia querer sorrir.
"Ao meio dia abriu de repente uns olhos espantados, pediu água e expirou, pronunciando em voz, mais e mais baixa, um nome que o senhor há de conhecer.
"— Alber... to... Al... ber... to!
"Vendo-a morta, proibi que Morevi se entregasse às expansões de dor tumultuosa como usa a gente de sua nação, de modo que aqueles uivos e gritos selváticos com que os chanés pranteiam a morte dos parentes, não perturbaram o sossego do vale em que tanto havia sofrido um coração.
"Antes de chegar a noite, enrolei o corpo daquela bela mulher na rede e enterrei-o no chão do rancho, conforme ela desejara e poucos dias antes pedira ao seu avô.'"

Morte de Iracema

"Distante da cabana se elevava à borda do oceano um alto morro de areia; pela semelhança com a cabeça do crocodilo o chamavam os pescadores de jacarecanga.

A esse monte subia o cristão; e lá ficava cismando em seu destino. Às vezes lhe vinha a idéia de tornar à sua terra e aos seus; mas ele sabia que Iracema o acompanharia; e essa lembrança lhe remordeu o coração.

(...)
Iracema também foge dos olhos do esposo, porque percebeu que esses olhos tão amados se turbam com a vista dela e, em vez de se encherem de sua beleza, como outrora, a despedem de si.

— Iracema perdeu sua felicidade depois que te separaste dela.

— Não estou eu junto de ti?

— Teu corpo está aqui; mas tua alma voa à terra de teus pais e busca a virgem branca, que te espera.

(...)
— Quando tu passas no tabuleiro, teus olhos fogem do fruto do jenipapo e buscam a flor do espinheiro; a fruta é saborosa, mas tem a cor dos tabajaras; a flor tem a alvura das faces da virgem branca.

(...)
Iracema é a flor escura que faz sombra em tua alma: deve cair para que a alegria alumie teu seio.

(...)
— Iracema!...

A triste esposa e mãe soabriu os olhos, ouvindo a voz amada...

— Recebe o filho do teu sangue. Era tempo; meus seios ingratos já não tinham alimento para dar-lhe.

Pousando a criança nos braços paternos, a desventurada mãe desfaleceu como à jetica se lhe arrancam o bulbo (...); mas a formosura ainda morava nela, como perfume na flor caída do manacá.

Iracema não se ergueu mais da rede onde a pousaram os aflitos braços de Martim.

(...)
— Enterra o corpo de tua esposa ao pé do coqueiro que

tu amavas. Quando o vento do mar soprar nas folhas, Iracema pensará que é a tua voz que fala entre seus cabelos.

(...)

O camucim que recebeu o corpo de Iracema, embebido em resinas odoríferas, foi enterrado ao pé do coqueiro, à borda do rio. Martim quebrou um ramo de murta, a folha da tristeza, e deitou-o no jazigo da esposa. A jandaia pousada no olho da palmeira repetia tristemente: — Iracema!"

Apesar de não sustentar, de modo algum, como fica evidente ao simples cotejo dos textos acima, o paralelo com a obra-prima de Alencar, a "novelletta" de Taunay é, realmente, digna de ser assinalada — como o faz com razão Sérgio Medeiros — no quadro da produção romanesco-indianista de nosso Romantismo.

Se *Ierecê* não logra êxito, como alternativa estética "verista", diante da lenda "pseudotupi" criada pela imaginação poética de Alencar, nem por isso deixa de conter em germe algumas sugestões para o futuro. Essas, a meu ver, não estão no projeto de um raconto pretendidamente etnográfico-factual, misto de recordações de jornal íntimo de viagem e paisagismo circunstancial. Apontam, antes, para um problema que Taunay sequer terá intuído, mas para o qual indícios como sua dedicação "antropológica" ao aprendizado (com o velho pajé e a neta guaná) da língua chané e dos costumes da tribo (aprendizado que redunda num pioneiro, ainda que rudimentar, *Vocabulário*) parecem de algum modo conduzir. Por um lado, como recuperar (e integrar em nossa literatura, enriquecendo-a e ampliando-lhe o raio com novos aportes em línguas diferentes da portuguesa) o patrimônio oral preservado por nossas numerosas tribos não extintas; por outro lado, aquele constituído pelos ritos e cânticos das etnias africanas cruelmente transplantadas e escravizadas em solo brasileiro, mas que, perviventes, deixaram marcantes emblemas de resistência cultural (caso do candomblé, por exemplo)? A resposta, parece-me, está na direção criativa da "etnopoesia" de Jerome Rothenberg e do grupo da revista *Alcheringa*[12]. Tratar-se-ia, segundo penso, da hipótese do "laboratório de textos", propiciador da colaboração entre antropólogos e poetas, no sentido de "transcriar" em português textos poéticos, religiosos, rituais etc. dessas tribos e etnias, reconfigurando-lhes os valores fono-semânticos e de coreografia sintática. Ao contrário do que imaginava o crítico romântico Joaquim Norberto, a violência do conquistador, que extinguiu um número enormíssimo de autóctones do Brasil, não fez perecer necessariamente a literatura dos vencidos e escravizados. É da natureza da literatura quando "oral" (e oralmente constituíram-se tanto a Bíblia Hebraica, quanto as rapsódias homéricas, tardiamente fixadas por escrito) a tendência a perviver na transmissão boca-a-boca da tradição, mantida por uma longa seqüência de reiterações e recepções. A tradução criativa pode incorporar essas jóias de oralidade ao nosso patrimônio literário, extraterritorializando-o para além das fontes ocidentais até agora privilegiadas. Transcrições fônicas de textos onde a "função poética" deixe sua estampa, acompanhadas, lado a lado, por "transcriações" esteteticamente competentes, — eis o "mapa da mina" (das múltiplas minas) a resgatar para nosso maravilhado enriquecimento. É o que vem fazendo, na teoria e na prática poético-tradutória, o antropólogo-poeta baiano Antônio Risério com poemas sacros em iorubá[13]. É o que vem realizando a poeta e tradutora Josely Vianna Baptista, com os mitos cosmogônicos da etnia Mbyá-Guarani, em colaboração com a antropóloga paraguaia Luli Miranda[14]. É o

---

12) *Alcheringa*, revista dedicada à "etnopoética", editada por Jerome Rothenberg e Dennis Tedlock na década de 70. De Rothenberg, ver *Technicians of the Sacred*, Doubleday Anchor Book, 1967.
13) Antonio Risério, *Textos e tribos: Poéticas Extraocidentais nos Trópicos Brasileiros*, Imago, 1993; *Oriki Orixá*, Perspectiva, "Signos 19", 1996.
14) Josely Vianna Baptista e Luli Miranda, *Neblina vivificante / Poesia e mito mbyá-guarani*; idem, *Soninho com pios de periquitos ao fundo / Canção de ninar mbyá-guarani*, Cadernos Ameríndios, edições artesanais de Guilherme Mansur, Tipografia Fundo de Ouro Preto, 1996.

que vem sendo executado, pelo menos num plano de recolha atenta, por antropólogos sensíveis à dimensão poética dos textos coletados, como por exemplo o próprio Sérgio Medeiros, Eduardo Viveiros de Castro e Betty Mindlin. Oswald de Andrade soube pinçar com olho agudo, no repertório de Couto de Magalhães (*O Selvagem*), um poema lírico tupi, virtualmente "pré-concreto":

> Catiti catiti
> Imara Notiá
> Notiá Imara
> Ipeju

que engastou no seu "Manifesto Antropófago", de 1928[15]. Que esse lance certeiro de poética sincrônica, desferido pelo poeta pau-brasil, nos anime a empreitadas garimpeiras de mais fôlego e abrangência. Um augúrio nesse sentido me parece, também, o legado mais vivo de *Ierecê a Guaná*.

---

15) Animo-me a propor uma conjetural re-criação dessa concisa "canção de amigo" tupi (que o próprio Couto de Magalhães não conseguiu entender completamente, seja por transmissão adulterada, seja por se tratar de um tupi "arcaico"; tenha-se em conta, por um lado, que se trata de uma invocação à Lua Nova / Catiti, "cuja missão é despertar saudades no amante ausente"; por outro, que a versão de Magalhães reza: "Lua Nova, ó Lua Nova! Assoprai em fulano lembranças de mim":
> luanova luanova
> no amado soprai
> assoprai no amigo
> o sopro de mim

Afrânio Peixoto (*Primeiras Letras*, Clássicos Brasileiros A.B.L., 1923) tentou uma versão "aguadamente" acadêmica dessa "trova indígena". Confira-se: "Lua nova, os meus desejos / Na vossa presença estão... / Levai-os ao meu amigo / Lá no fundo do sertão!"

Este livro terminou
de ser impresso no dia
20 de julho de 2000
nas oficinas da
Associação Palas Athena,
em São Paulo, São Paulo.